未完の時代

1960年代の記録

平田 勝
Masaru Hirata

花伝社

冒頭の言葉

ここに記したのは
1960年代に
自分が実際に体験したこと
見たり、聞いたりしたこと
そこで感じたことなどを
そのまま、記述したものである。

未完の時代――１９６０年代の記録◆目次

第5章 新日和見主義事件――1969年～1972年 155

第1章

上京と安保——1960年

東大不合格

岐阜県の田舎町から東京に出てきたのは、一九六〇年の春であった。

第一回目の東大受験に失敗し、予備校に通うためであった。

私が生まれ育ったのは、中山道の元宿場町であった御嵩《みたけ》である。後に産廃問題や町長襲撃事件で名を知られることになった。

私は、その地元にあった県立東濃高校に入学した。東濃高校の前身は旧制東濃中学であり、後に恵那中学が出来るまでは岐阜県の東濃地方に存在した唯一の旧制中学であった。

そうした伝統を持つ高校であったが、私が入学した頃は大学に進学する者も一学年で数人しかいなかった。

中学校で成績が優秀な者は、名古屋市内にある有名高校に寄留《きりゅう》届を出して入学したり、資力のある者は東海高校などの有名私立高校に進むのが常であった。

同級生の何人かがそうした道を選んだ。負けず嫌いな自分もそうしたいと親に少々ダダをこねた。中学校の担任の教師は、あまりにこだわる自分に対して「君はそんな身分でない」と言い切った。もっとお前の現実を知れということだったと思う。

小学校の教師をしていた父は、私を連れて願書を取りに愛知県立旭丘高校や明和高校を訪ねてくれた。雪の降る寒い日、願書を取りに行った帰りに、名古屋地下街で父と一緒に食べた温かいカツ丼のうまかったことを思い出す。寄留先のあてもなく、資力もない自分は地元の高校に進学するのだということをようやく自分に言い聞かせ納得した。

いつから東大を受験してみようと意識し始めたかははっきりしないが、こうした経過で、有名進学高校には進むことは出来なかったが、地元の高校でしっかり勉強して、大学は日本一の東大を目指すのだ、という漠然とした決意がその頃に生まれた。

高校に進学して間もなく、愛知県立旭丘高校に進学した友人を名古屋に訪ねた。彼は同じく旭丘高校に進学した兄と同居していた。寄留と言っても名目だけで、実際はアパート暮らしだった。そのアパートには寄留していた者がほかにも何人かが住んでいた。兄の方は後に京都大学に進んだ。

旭丘高校は、愛知県屈指の進学高校である。当時東大にも二〇数名が合格していたと思う。そこで、どのような受験勉強をしているのか、どんな参考書を使っているか、どんな実力を得れば合格出来るか、などの情報をその友人から得た。

帰ってから、そこで得た情報と東大合格体験記などを参考に、さっそく受験勉強の計画を立てた。高校一年生から、高校での授業とは別に、東大を目指す受験勉強を始めたのだ。

こうした、自分の立てた目標のもとに、情報を集め、計画を立て、それを実行し実践しながら修正し、目標を達成するまでひたすら集中する、という自分の習性は、この頃から形成されたと思う。一方で、自分の勉強は極端に受験勉強に特化したものであり、基礎学力の積み上げによるものではなく、また自己流の勉強であることを、大学に入学してから再認識することとなる。

高校に入学した当初、進学志望欄に「東大」と書いた。当時の状況で東大を目指すということは雲をつかむような話であり、「まあ希望を大きく持って進むのはいいことだ」というようなことを担任の先生から言われた。

当時、名古屋大学の学生が運営していた「名大コンクール」という模擬試験があった。愛知、岐阜、三重の東海三県にまたがる相当規模の受験生が受け、実力を測る有力な模擬試験であった。

高校三年生になって最初の模擬試験で二九番になった。成績優秀者の中に多くの有名進学校の高校生と並んで自分の名前があった。ちょっとした騒ぎになった。翌日、校長先生から呼び出しがあり、「東大現役合格の可能性もある。自治会活動もほどほどにして、引き続き頑張るように」と言われた。当時、自分は生徒会の会長をやっていた。

ようやく先生方も、自分が東大を目指していることが本気であることを、認識されたのだ。

高校時代の昼休みの時間、よく数学の先生に質問に行った。高校の授業で分からないことを聞くのではなく、受験勉強で分からない点を聞くためである。少し迷惑をかけたと思うが、嫌な顔一つせずに丁寧に教えていただいた。

こうして、一九六〇年三月に高校を卒業し、東大受験の日を迎えた。一次試験をパスし、二次試験の結果を郷里で待った。「サクラ、チル」の電報が届いた。結果は不合格であった。

自信満々であったためか、落ちた時のことをあまり考えていなかった。目の前が真っ暗となり、どうしたらいいか分からなかった。

高校の先生に相談すると、「独学で東大に合格することなど不可能だ。やはり予備校に行った方がいい。東京には駿台予備校という東大受験をめざす予備校がある」と教えてもらった。

大阪に姉を訪ねると、義兄もやはり予備校に行った方がいいという。近くのタバコ屋で電話を借りて予備校にかけると、「明日入学のための四回目の最終試験がある」という。

義兄は、「受けてこい」と言って、ポンと三万円を渡してくれた。当時の大学卒の初任給は一万五〇〇〇円にも満たない頃だった。

夜行に飛び乗って朝方東京につき、試験に何とか間に合った。予備校の試験が五倍であると聞いてびっくりしたが、何とか合格出来、昼間部四谷校に決まった。

義兄から受け取った金で、予備校の入学金も支払い、予備校から紹介された下宿も決まった。こうして、四月一五日から、東京での浪人生活が始まった。

その一方で、アルバイト先を探した。アルバイトをしながら予備校に通うことは元より覚悟していたことだ。学徒援護会でアルバイト先を探したり、小学校時代に新聞配達少年であったことから新聞販売店を訪れたりもしたが、予備校に通うことと両立出来るか、決めかねていた。

そんな折、高校の恩師である松井正樹先生から、一通の紹介状をもらってきたことを思い出した。松井先生は、東大の哲学科を出た先生だった。親友が、大学院で勉強中だという。

さっそく、秋葉原の神田川に面していたアパートを地図を頼りに探した。

そこで出会ったのが山田洸さんである。山田さんにはその後もいろいろと世話になる事になる。

山田洸さんは、東大で学生運動や、共産党の地区活動にも従事し、在学八年で除籍されたが、再び入学試験を受けて再入学し、文学部大学院の修士課程で倫理学を学んでいた。ほとんど毎日、家庭教師などのアルバイトに従事しながらの研究生活を続けておられた。

紹介状を読み終えると、私を眺め、「少し線が細いな」などとつぶやきながら、アルバイトの相談などに乗ってくれた。そこで紹介してもらったのが、千代田区麹町にあった工務店で、伝票処理などの簡単な事務処理と小学生の娘さんへの家庭教師などをする仕事であった。

麹町は、予備校のあった四谷駅に近く、通うにも便利だった。工務店は建物の外装や内装の吹付などを行っており、隣接する建物に二〇人ぐらいの職人さんが住んでいた。自分にとって何よりも良かったのは、職人さんと一緒に夕食を食べる特典を与えられたことだった。

こうして、東武東上線の東武練馬駅の近くにあった三畳の下宿を朝早く出て予備校に通い、午前と午後の授業を受け、授業が終わると工務店に行ってアルバイトをこなし、夕食を頂いてから下宿に帰り、それから午前二時頃まで勉強するという浪人生活のパターンが決まった。

睡眠時間は、三〜四時間であったと思う。その時以来、電車の吊り革にぶら下がりながら眠ったり、ヒマがあったら机にうつ伏せになって仮眠を取るなど、どんな場所でも寝ることの出来る習性が身についた。

紡績女工となっていたすぐ上の姉も、乏しい給料のなかから仕送りして自分を支え励ましてくれた。

安保闘争――国会に突入

もともと政治的関心は高かったので、一九五九年の暮れに全学連が国会に突入した事件や、一九六〇年一月一五日に全学連が岸首相ら日米新安保条約調印全権団の訪米に抗議して羽田空港ロビーを占拠した事件などを、受験勉強をしながら興奮してラジオで聞いた。

東大に合格したら、こうした学生運動に自分も参加したいと思っていた。

予備校生活が始まって間もなく、四月下旬に国会周辺にデモを見に行った。そこで日比谷公園の野外音楽堂の集会に初めて参加した。四月二六日には全学連の集会が、国会正門前のチャペルセンター前で開かれた。東大教養学部自治会委員長・田中学のアジ演説を聞いた。学生のデモ隊に潜り込み、初めて全学連のデモ行進にも加わった。

その頃、高校の同級生で北朝鮮に帰国した金富男君から、韓国の学生たちの李承晩独裁政権打倒の運動に対する熱い思いがこもった、ザラ紙のような粗末な紙に小さな字でびっしりと書かれた手紙が、郷里を迂回して、下宿に届いた。

予備校に通い、アルバイトをしながら、こうしたデモにも参加する浪人生活をすることになった。

五月一九日には、国会で安保条約が強行採決され、世の中は騒がしくなってきた。

六月一五日には、工務店の同学年の息子を誘って国会周辺に行った。右翼の襲撃もあって、すでに騒然とした雰囲気にあった。

午後五時ごろ、南通用門付近に行き、当初は鉄門の針金をペンチで切ったり、阻止線となっていた警備車をひきずり出す学生たちの行為をただ眺めていた。

デモ隊が国会内に入り始めると、そのまま傍観していることに我慢出来ず、自分も明治大学の隊列に潜り込んで国会構内に進んだ。

自分のいた位置は、丁度真中ぐらいであったか、突然前線で警官との衝突が始まった。前から押し戻される動きと、後ろから押してくる動きに挟まれて、身動きすることも、息をすることも出来なくなった。一瞬このまま自分は死ぬのかと思った。隣にいた女子大生もほとんど気を失っているような状態だった。

やがて門の外に押し出されてやっと息が出来るようになった。そのあとは狂気に襲われたような状態になり、石を投げ、警察官と衝突しながら国会正門の方に逃げた。死人が出たという情報も飛び交っていた。国会構内で東大の女子学生・樺美智子さんが亡くなったことは、翌日の新聞で知った。

真夜中の一二時頃であったか、何人かが、国会正門前を固めていた警察輸送車を、ロープで引きずり出しひっくり返して火をつけ始めた。自分もそれに加わった。五台ぐらいは焼いたのではないかと思う。

さすがにこれはやり過ぎでやばいと思い、正門から少し遠ざかった。突然、パンという音がしたかと思うと、皆が一斉に逃げ始めた。涙がぽろぽろ出てきた。日本で初めて催涙ガス弾が発射されたのだ。

お堀の方に必死に逃げて、茂みに隠れた。警官はお堀の方まで追ってきて暴行を加え、次々に逮捕していた。自分は何とか逃げおおせて、無事に麹町の工務店にたどり着いた。途中ではぐれた工務店の息子も無事だった

六月一八日の新安保条約の自然承認の日には、再び国会周辺で全学連の隊列に加わって座り込んだ。周りを見ても、誰もが黙りこんでいた静かな座り込みだった。

こうして自分の安保体験は終わった。浪人時代のこの経験が、その後の学生運動のはじまりとなった。特に六・一五の現場にいたということが、その後の生き方に決定的な影響を及ぼしたと思う。

自分の安保体験は、孤立していた一個人としての参加体験であった。新安保条約の問題点の学習や理論からくるものではない、国会で強行採決して強引に押し進めるようなやり方に対する感覚的な怒りからくる参加であったと思う。理論先行型の運動ではなく、初めに行動ありき

自然承認を止めようと国会周辺をうめたデモ隊。一般市民も参加し主催者発表で 33 万人（1960 年 6 月 18 日、写真提供：毎日新聞社）

のような行動は、それ以後の大学に入った後の学生運動においても、自分の行動パターンの走りとなった。

偶然にも、すでに亡くなっていたが工務店の元店主がシベリア帰りで、アルバイト先には赤旗がおいてあった。自分は、主として全学連の主流派のデモに参加していたが、全学連反主流派のデモにも、また国民会議のデモにも参加する経験をした。運動を一方に偏ったものではなく、相対化して見る機会に恵まれた。

また、自分には狂気が宿っていることも十分に自覚した。この自覚は、それ以後も怒りに襲われた時は、いつも自戒して自分を見つめ、過激に走ることを戒める契機となった。

アルバイト先の女社長の温情

安保闘争が終わると、茫然自失の状態となり、すでに事実上中断していた予備校通いも、受験勉強も全く手につかない状態となった。一旦田舎に帰った。

八月下旬にもう一度思い直し、決意を新たにして再び上京した。

すると、工務店の女社長が、新宿柏木に社宅となっていた一軒家があったが、「空いている二畳の部屋を使いな、受験勉強に集中しな」「あんたをそうしたからといって店が潰れるわけでは無いよ」と笑いながら言ってくれた。社宅にタダで住まわせてくれたのである。

工務店からリヤカーと自転車を借りて、東武練馬にあった下宿を引き払い、川越街道を一気に下り、新宿の交差点を必死でペダルを踏んで渡りきり、新宿柏木の社宅についた。

机と本棚一個の外は何もない部屋で、飯は飯盒《はんごう》で炊き、おかずは近くの商店街で惣菜を買ってきて食べ、あとは受験勉強だけに集中する生活が始まった。

受験勉強も段々とはかどり、予備校の成績も上がり、予備校のデータからは、志望していた文Ⅱにほぼ確実に合格出来るところまできた。当時文系は法学部、経済学部に進む文Ⅰと、文学部、教育学部に進む文Ⅱに分かれていた。

東大に願書を出す直前に、安保に参加した経験から来たものか、突然法学部に進む考えが起こった。予備校の成績からは確実に文Ⅰに合格出来るかどうかは分からなかった。父に相談すると、確実に合格出来るところを受けて欲しいと強く要請され、最初の志望通り文Ⅱを受けることにした。

第二回目の受験は比較的冷静に受けることが出来た。三月二〇日の合格発表の日に、自分の番号を見つけた時は、人生最大の喜びだった。

その後は地元の可児郡にも進学高校が新たに出来て東大に合格する者も出るようになったようだが、当時あの田舎の高校から東大に入ることなど奇跡に近いことだった。

郵便局に走り、父母に電報を打った。どういう事情であったか電報はその夜に届かず、翌朝になったらしい。今度もダメだったと思い、小学校の教師をしていた父は「学校に行きたくない」と布団をかぶって寝ていたらしい。新聞配達のアルバイトをしていた母が、朝早く新聞店に行って新聞をそっと覗くと息子が東大に合格している記事を見つけ、店主に話して家に飛んで帰って父に知らせたということだ。父はそれを聞くとおいおいと泣いたという。

こうして、自分の浪人時代の生活は終わった。

東大に合格出来たことは、自分の努力と頑張りがあったことは勿論であるが、その陰には父母は勿論、義兄の援助、姉の援助、そして山田洸さんと出会ったことや工務店の女社長の配慮や温かい人情があって初めて可能になった。このことを忘れてはならないと思っている。

また、東京での浪人生活を送るに際して、アルバイト先での体験も貴重なものがあった。そこで職人さんや都市細民とも呼べる人びととの触れ合いもあった。大学入学後もそうした人たちと時には現場で一緒に仕事した経験が、その後の自分の生き方に大きな影響を与えたのではないかと思う。観念論に陥りがちな学生運動の世界で、自分がそうした方向に行かなかったことは、「浪人時代」という体験があったからだと思っている。

大学に入学してからその後八年にもわたって、一九六〇年代の学生運動に携わることになるが、浪人時代の一年は、その序曲となった。

第2章

東大駒場——1961年〜1964年

駒場寮での寮生活

合格発表の後、入学手続きに東大駒場キャンパスを訪れた。春のまだ浅き駒場は、風が舞い沈丁花の香りが漂っていた。構内では、さまざまなタテ看板が立ち並び、チラシやビラが配られ、新入生への勧誘が活発に行われていた。

駒場寮への入寮の申し込みを行った。寮生活の確保は自分にとっては必須のことだった。駒場寮は完全自治寮であり、寮委員会の学生による入寮選考が行われていた。駒場寮への入寮が決まってほっとした。さっそく入寮手続きを行い、中国研究会の部屋に所属することにした。駒場寮はサークルごとに部屋を割り当てていた。入寮してすぐ分かったことだが、中国研究会は代々学生運動の活動家の拠点の部屋だった。そこへ自ら飛び込んだのだ。もっとも、自分は東大に入ったらすぐ学生運動にも参加するつもりでいたし、山田洸さんの強い影響もあって共産党にも入党するつもりであった。山田さんに「どこに行ったら共産党に入党出来るか」と聞くと、「共産党がそんな看板を出しているのではないよ、そのうち向こうからやってくるよ」と笑い飛ばされた。

工務店の息子が、小型トラックで柏木の小部屋の机と本と布団を駒場寮まで運んでくれた。東大構内にある七〇〇名の学生が住むことになる駒場寮をしげしげと仰ぎ見た。これから念願の東大での学生生活が始まると思うと、胸の高鳴りを覚えた。

駒場寮全景（北寮）

駒場寮での生活は、見るもの聞くものすべてが新鮮であった。大きな食堂や風呂場にも驚いた。入寮してすぐに寮での晩さん会が開かれた。全寮制であった一高時代からの伝統であるという。数人の名士の演説に交じって、共産党国会議員の志賀義雄が話すのが面白かった。彼も寮生活、学生生活を懐かしんでいるようだった。

廊下を行き交う「ストーム」（寮生が夜分気勢をあげて楽しむ）にもびっくりした。部屋のコンパも楽しかった。寮委員会から七輪と鍋を借り、駒場構内の下にあった街の商店街で、酒や肉、野菜、炭などを買い入れ、洗面器なども使って、ささやかな宴をするのだ。寮歌もすぐ覚え、民謡や革命歌などを歌った。

入寮直後に行われた部屋のコンパは、新入寮生と退寮する先輩とが一緒になって行われた。

その中に、「俺の長い長い寮生活も今日で終わりだ」とつぶやく先輩がいた。駒場の自治会委員長をやり、退学処分を受け後に復学した金山秀一さんだった。この時の姿が強く印象に残っている。

生協で教科書を購入するとともに、学生服、角帽、襟章などを買い揃えた。第二外国語は中国語を選択し、Eクラスに所属することになった。

安田講堂で入学式が行われ、茅誠司総長の言葉を聞いた。

こうして、駒場の学生生活は始まった。

新島に行く

学生生活が始まって間もなく、新島に行くことになった。当時新島はミサイル発射場設置をめぐって反対闘争が盛り上がり、多くの学生がオルグとして現地に出向いていた。

中国研究会の同室の先輩に誘われて参加することを決断したのだが、まだ授業も始まったばかりだ。アルバイトの家庭教師も見つかり、これも始まったばかりだ。

こうした状況で新島行きを決断したことが、その後の学生生活の行方に大きな影響を与えることとなった。

五月一〇日、東京の日の出桟橋から船で大島に渡り、ここから小舟に乗り換えて新島についた。船酔いには参ったが、伊豆の島々や、船上から見る大海原の眺望は素晴らしかった。

新島につくと、宿泊先の家には、すでに二〇～三〇名ぐらいの学生オルグが共同生活を送っていた。射爆場をめぐる闘争はすでに山場を越えていたが、自分たちの任務は、養豚場建設の手伝いをすること、新島の子どもたちに勉強を教えること、「新島ニュース」を配布することぐらいで、警官にごぼう抜きされるような激しい戦いはすでに去っていたが、学生たちの動向には警察が目を光らせていた。

新島の青い海と真っ白な砂浜を見て、こんなところにミサイルの射爆場を作るのは許せないと心底から思った。

毎日報告される情勢報告・情報分析、全体討論など、初めて経験する学生オルグ団の活動も興味深かった。そこで出会った活動家たちも印象深かった。オルグとして長期にわたって滞在している学生や、「戦う東大女子学生」にも出会った。新島の家は、トイレに戸がついていないのが珍しかった。

新島に一〇日ほど滞在し、大学に引き上げた。

駒場構内は、政暴法（政治的暴力防止法案）をめぐるストライキで騒然としていた。政暴法は、安保闘争の経過を経てデモ規制法などの治安立法を検討していた政府自民党が、右翼テロ対策を口実に、民主運動を規制することを意図して強行しようとしていた。自分は直ちにこの闘争に加わった。五月下旬には駒場でストライキが決行され、自治会委員長の美甘晃一が退学処分となった。

新島闘争から政暴法反対闘争へという流れの中で、大学の授業には全く出なくなった。

語学の授業にも、入学当初二～三回出ただけで、あとは全く授業に顔を出さなかった。こうした経過で、大学の授業で最初に躓《つまず》いたことは痛恨の思いである。

当時「五月病」というようなことが言われていたが、ここにきて、受験生活の疲れや、闘争疲れ、大学での勉強がうまくいかないことなどが重なり、自分にも「五月病」のような症状が現れた。

学生運動の各派から勧誘され、共産党から入党の誘いもあったが、当時の学生活動家には違和感があり、決断を渋っていた。

こうした中で生活の必要性もあり、夏休みの間、浪人時代にお世話になった工務店の現場でアルバイトをすることになった。一日の日当は五〇〇円であった。

職人さんの仕事を手伝うアルバイトで「手元」と言われた仕事だ。建物の外装の吹付のために、セメント、染料、それに石綿（アスベスト）などをかき混ぜたものを、職人さんの手元まで運ぶ仕事だ。自ら吹付も行った。木で組んだ足場は危なかったが、職人さんと付き合うのは面白かった。様々な職人さんがいた。「俺は、日本太郎だ」という人もいて、全国を渡り歩いている職人さんもいた。アイヌ人の方もいた。まだ若い職人さんで、夜店で買った詩集を、これを読むと胸にジーンとくると言って大切に持っている人もいた。

暑い夏の日の仕事を終えて自転車を漕いで帰る途中、酒屋の立ち飲みで焼酎を一杯ひっかけるのも楽しみだった。皆の食事を作り、買い出しに行く住み込みのおばさんもいたが、ある日買い出しに出かけたまま、数日もかえって来ないことがあった。ホームレスのようになっていた彼女を、女社長が見捨てることもなく探し出して連れ戻したこともあった。こうした職人さんたちや都市細民といった人たちの世界を知り、そこに流れる人情の世界のようなものにも触れた。学生であることや東大に入ったことの意味を考える夏の体験であった。

共産党に入党

夏休みが終わり、再び駒場寮に戻ってきた。今度こそ学生生活を立て直そうと思った。その頃共産党の第八回党大会が開かれようとしていた。新しい綱領が決まり、この過程で現代修正主義と言われていた構造改革派である春日庄次郎一派が党から放逐された。こうした共産党をめぐる動きは、赤旗を読んで知っていた。東大駒場では構造改革派の勢力は強く、学生組織の「フロント」に多くの学生運動の活動家が結集していた。

この状況で、駒場寮の同室の先輩から共産党への入党工作を受けたのだ。駒場の党は分裂状態にあるという。党を守るために一緒に闘って欲しいという熱心な勧誘を受けた。

今度こそ大学での勉強をしようという決意であったが、先輩の真剣な誘いに正直迷った。党の綱領路線はまだ十分に学んではいない。構造改革派との理論的対決点も十分には分かっていない。また党に入党すれば、勉学の方がどうなるかも全く分からない。

迷いに迷った末に、しかし自分は決断した。

高校時代に受験勉強と並行して、ヨーロッパの現代文学、ロシア文学、中国現代文学などを乱読した。ロジェ・マルタン・デュ・ガールの『チボー家の人々』を読み、そこに描かれた反戦・反ファシズムで闘う人々に感激した。ゴーリキーやトルストイを読み、貧しき人々の姿や博愛の精神にも触れた。パールバックの『大地』や、朱徳将軍を描いたエドガー・スノーの『中国の赤い星』、毛沢東の『実践論・矛盾論』を読んだことで中国革命や共産党に関心を持った。小林多喜二の『蟹工船』や『党生活者』なども夢中で読んだ。北朝鮮に帰国した友人、金富男君と実存主義や社会主義について論じ合ったことも、自分の思想形成に大きな影響を与えたと思う。こうしたことで自分の共産党に対するイメージが形成されたが、それはまだ理想化された観念的なものであったと思う。

九月四日に入党申請書を共産党に出した。入党推薦者は、川上徹氏と山田洸さんだった。入党してみると、同学年ですでに入党していたもの四人、先輩で党に残ったもの五人で、駒場細胞（支部）の党員は合計一〇名であった。かつて党員であった他の多くの者は、除名されたり党を離れていた。

共産党に入党したことが、その後の学生生活を決定的にした。

学生運動だけをやっている時と違って、そこに党の活動が加わったのだ。

学内でのビラまき、タテ看作り、クラス回り、デモ参加などに加え、党活動として赤旗の配

東大教養学部正門前で

布、拡大運動や選挙活動などが加わり、時として地域でのビラ配布、選挙活動なども参加した。地域の小企業のストライキ支援に行ったこともある。こうして一気に党活動、学生運動にのめり込むことになった。

こうした活動をやりつつ、家庭教師のアルバイトを二つ掛け持った。授業に出たり勉強するヒマはなかった。もともと不器用な自分は、学問と党活動、学生運動を両立させていくような器用さは持ち合わせていない。活動と学問を両立させていた活動家も多くいたので、自分の学問に対する意志の弱さと不器用さ、能力不足を感じざるを得なかった。これではマズイとは思いながらどうしようもなく、そうした状況に落ち込んでいる自分を見つめるばかりであった。

党活動は無限にある。学生運動も四分五裂《しぶんごれつ》の状態でこれを立て直す活動も無限にある。地域活動も無限にある。その中で、どうやって学問をやるのかを悩みつつ活動に従事する毎日だった。

一九六一年の秋には民青（日本民主青年同盟）駒場班が結成された。委員長には後に医学部に進学した工藤翔二君が選ばれた。自分は駒場班の指導部の一員となり、一〇月には民青目黒地区委員にもなって、地区民青の活動も始めた。

一一月に駒場寮の総代会が開かれ二票差で総代会議長に選ばれた。当時駒場寮委員会は保守系の学生たちがやっていて学生運動各派は全く関心がなかったが、ストライキの際に総代会で決議をする必要があり、総代会議長だけは争っていたのだ。駒場寮総代会議長に選ばれたことが、その後の寮活動に従事するきっかけとなった。

一二月のある日、駒場キャンパスの下にある街に党のビラ張りにでかけた。小麦粉を煮て糊を作り、ハケで瞬時に電柱にビラを貼るのだ。三人一組で出かけたが、警官に見つかり私も含めて二人が現行犯逮捕され、一晩留置場に留めおかれた。指紋や顔写真を取られ、留置場に放り込まれた。

五〜六人の同房者がいたが、そこでの体験は面白かった。留置場での〝もっそう飯〟も苦にならなかった。翌日、刑事の取り調べを受けた。にやにやしながら手錠をつけたまま犬でも扱うかのように紐を机の脚に結び、若い学生に侮辱を与えて動揺させようとする態度には、黙秘でじっと耐えたが、東大細胞長の雲英晃顕（後の宇野三郎＝共産党書記局次長）氏が、「不当逮捕だ！」と大声で叫びながら二階に駆け上がってくる声を聞いた時は、嬉しかった。

一九六二年二月に、二年生が本郷に進学するに当たって、共産党駒場細胞の指導部の選挙が行われた。実は当時一年先輩の東大駒場細胞長の川上徹氏から次期細胞長をやってくれないかという事前の打診を受けていたのだが、選挙になってみると自分より先に入党していた伊藤龍太郎君が「一日の長がある」ということで選ばれた。

伊藤龍太郎君は、日本大学医学部教授の息子で双子の兄弟であったが、駒場の裏手にあった豪邸に住んでおり、何でこんな豪邸に住んでいる者が学生運動をやったり赤くなるのか不思議な感じを持ったが、彼は都会型のスマートな活動家で、よく勉強しており人柄も誠実な男であった。

後になって駒場指導部にいた幸野堯氏（その後、本郷の東大細胞長）が語ったところによれば、「平田を細胞長にしなくて良かった。平田に権力を取らせたら何をやらかすか分からない」との言葉が示すように、自分は過激な面、不安定な面を持っているというのが、周りの者が抱いていた印象であったという。

伊藤龍太郎君の部屋で会議などをよくやったが、夜中までかかり腹が空いてたまらないので冷蔵庫にあるものを平らげてしまい、翌朝父親からどやしつけられたこともあった。

駒場時代の私は、学生運動においては自治会活動中心ではなく、寮活動や地域の活動が中心という立ち位置にあったことが、自分にとっては大きな意味を持った。

地域子ども会の組織

一九六二年に入って間もなくの頃、駒場キャンパスの近くに、「愛隣会厚生寮」という中国からの引揚者を中心とする二〇〇〇名近い家族が住む施設があったが、そこで子ども会を組織してもらえないかという共産党目黒地区委員からの相談があった。共産党が「子どもを守る会の組織を援助する」という方針を打ち出していたが、その具体化であったと思う。自分は党の任務としてそれを引き受けることにした。

子ども会の可能性をいろいろ探っていると、かつて東大生がこの厚生施設で子ども会をやったことがあるということだが、その中で職員の不正を追求するようなことがあったという。子ども会をやってくれることはありがたいし大賛成であるが、そうしたトラブルがまた起こるのではないか、何か政治的な背景があるのではないかということを警戒している様子であった。

厚生寮の職員から、駒場の西村秀夫厚生課長のお墨付き、推薦をもらってくれたら許可したいという話があった。そこで、学生部の西村厚生課長に初めて会い相談すると、「私は推薦するが、他に誰か学者の推薦があればより安心するのではないか。東大の教官、教育学の勝田守一先生の推薦状をもらうのがいいのではないか」と助言された。そこで目白にあった先生のご自宅に伺い、趣旨を話すと快く推薦状を書いて下さった。その際、「君はどこの出身なのか」と聞かれた。「岐阜県の東濃地方の御嵩の出身です」と答えると、「僕らは、しょっちゅう東濃の恵那の方へ調査に行っているよ」と言われた。恵那地方では、当時綴り方教育運動が盛んに行われていたが、自分もその隣接する地域にあってそうした教育の影響を受けていたことは、後に知ることとなる。

共産党の方針で子ども会を組織することはみなには伏せてあったが、子ども会を政治的に利用しようとするものではないと自分に言い聞かせて開設に向けて突っ走った。子ども会を手伝いたいという東大生以外の学生も沢山集まり、開設準備期間は二か月ほどで、「どんぐり子ども会」の発足に漕ぎ着けた。なんと二〇〇名ぐらいの子どもが集まり、大盛況であった。

これが評判となり、民青の全国活動者会議で報告することになった。一〇〇〇名ぐらいの集会であった。丁度この会議が開かれたのは、駒場の期末試験の最中で、活動家が集まって集団で試験対策の勉強会をやっていた。それを横目で見ながら、任務だから仕方がないと思ったが、このままでは自分は留年せざるを得なくなるだろうと、疎外感、孤独化、焦りを強く感じた。子ども会はその後、一年後輩の駒場寮同室の倉橋正直君に後を頼んだ。

寮活動への参加――いきなり全寮連の中央常任委員になる

大学も二年目に入った一九六二年の五月、突然、駒場寮委員会の副委員長・山田雅康君が相談にやってきた。「全寮連」（全日本学生寮自治会連合）という寮の全国組織があって駒場寮も加盟しているが、そこから脱退しようという動きが寮委員会に出ている。どうしたらいいか総代会議長に相談に来たという。「全寮連」なる組織があることはこの時初めて知った。「連費」というものを支払わねばならぬが、それが一人当たり年間二〇円で、七〇〇名を抱える駒場寮は相当な額になる。大した活動もやっていないので、この際脱退すべきだという意見が強くなっているということだ。

あとで知ったことだが、当時、文部省では学徒厚生審議会で学寮のあり方をめぐって答申が検討されており、文部省の学寮に対する新たな方針が打ちだされようとしていた。西村厚生課長も審議会のメンバーの一人であり、彼のもとに何人かの学生が集まって勉強会・研究会のようなものをやっていたらしい。

そうした状況を知っていた山田君からすれば、全寮連の脱退問題は、単に連費の負担問題に解消される問題ではなかったと思う。

そこで、まず全寮連の実態を知ることが先決ではないか、丁度全寮連大会が開かれるということであるので、山田君と平田がオブザーバーとしてこれに参加してみようではないか、ということになった。

寮問題や寮運動、全寮連などの問題については、全く関心がなく何の知識もなかった。いきなり大会に参加してみると、当時の全寮連は、新左翼系、革マル系が執行部を取っており、寮の経費にかかる負担区分の問題、新寮闘争や寮の自治権をめぐる問題なども論議していたが、主としてやっていたのは情勢分析であり、「反帝・反スタ」(反帝国主義・反スターリニズム)とか八一か国共産党・労働者党モスクワ宣言をどう見るかなどの議論をやっていた。

議論を聞いているうちにむずむずしてきた。寮問題は分からないがこういう論議なら出来る。ついに我慢しきれず、オブザーバーでありながら手をあげ二～三度発言を求め、革マル系の発言を批判した。いまから思うと、軽率と言えば軽率、若げの勢いがあったと言えばそうだとも言える。そうこうしているうちに、執行部の一人から会場の外に呼び出され、突然「全寮連の役員(中央常任委員)になってくれないか」という誘いを受けた。

その説得に来たのは、当時早稲田大学の学生で、全寮連の中心的な活動家・柳田真氏(現・

反原発のたんぽぽ舎代表）であった。

これにはびっくりしたが、駒場寮が全寮連から脱退してしまうのは打撃が大きい。それよりも、平田はどう見ても民青系共産党系であるが元気がありそうだ、この際執行部に取り込んで駒場寮の全寮連脱退を避けた方が得策だということであったと思う。

これを受けるかどうか判断がつかない。そこで公衆電話から共産党本部に電話をかけた。学生対策部に繋がったが、話がなかなか通じない。「全寮連」と言っても何のことか通じない。「ともかく役員を引き受けて、後から本部に報告に来い」ということであった。

こうして、自分はいきなり全寮連の中央常任委員に選ばれた。駒場寮の全寮連脱退問題もしばらく延期され様子を見ることとなった。

これが契機となって、以後三年のあまり、寮問題、全寮連の活動にのめり込むことになる。全寮連の書記局は、北の丸公園の中にあった元近衛兵宿舎に戦後学生たちが住み着いて出来上がった学生会館の寮の中にあったが、それ以後全寮連中央常任委員としてここに通い、寮問題・寮運動論を学ぶことになった。活動家のほとんどは、革マル系その他の新左翼系に繋がる者であったが、そうした活動家たちと付き合い、いろいろと学ぶことになった。

また、共産党本部の学生対策部との繋がりが生まれ、共産党発行の学生新聞に寮問題の記事を書き、また「全寮連中央常任委員」の肩書で寮問題の論文をしばしば発表することになった。

しばらくすると、山田君が訪ねてきた。彼は五月下旬の駒場寮の委員長選挙に立候補するという。いまのままでは劣勢で勝てそうになく、平田の応援を頼みたいという。

当時駒場寮内の民青系の勢力はそれほど大きくはなかったが、全寮連の活動を通じて寮問題が今後大きな問題として浮上してくるのは分かっていたし、また大学管理法制定の動きも強まっており、寮委員会が大学管理法案や学徒厚生審議会の答申と対決する方向で取り組むことになれば意義があるのではないかと思い、山田君の応援を約束した。応援と見返りに、もし山田君が当選した暁には、平田を副委員長にするという約束を交わした。

駒場寮の委員長選挙は、蓋を開けてみると、大方の予想に反して山田雅康君が当選を果たした。

これで自分はてっきり副委員長になれるものと思っていた。寮委員は委員長が任命するのだ。ところが、しばらくして山田君がやってきて、あの話は無しにしてくれという。

自分は怒って山田君を強くなじった。あとから聞いたところによると、山田君を取り巻く連中が、平田などを寮委員会に入れたら、寮委員会が民青・共産党に乗っ取られてしまうということで強く反対したらしい。

寮の副委員長になる事はこれでなくなったとあきらめていたら、山田君がまたやってきて、副委員長には出来ないが、中央会計をやってもらえないかという。彼も良心が咎めたに違いない。俺は会計をやったこともないし、会計の知識など全くないがそれでもいいかと聞いた上で、

駒場寮委員会のメンバー（前列中央：朱牟田夏雄・教養学部長、山田雅康・寮委員長、左端：早野雅三・学生部長、右端：西村秀夫・厚生課長）

寮委員会の山中湖での合宿で（左から２番目：平田勝、その奥は佐々木毅氏）

引き受けることにした。

この寮委員会は面白い委員会となった。従来から寮委員会の中核となってきた保守系の寮生は勿論、学生運動セクトの各派の学生が寮委員になり、多彩な顔ぶれで構成された。

寮委員の中には、後に東大総長となる佐々木毅君もいた。寮委員の任期である四か月間、彼と同室で過ごすこととなる。彼の書棚を覗くと、ロック、モンテスキュー、マキャベリ、プラトン、アリストテレスなどの岩波文庫がずらりと並び、彼はそれらを片っ端から読破していた。

議論も活発で面白かった。夜遅くまで議論をし、彼らと付き合った。法学部に進むものが多かったが、法学部に進んで一番とか二番という秀才と出会えたのも、また後に大蔵省、通産省などの官僚になる者、都市銀行などの大企業に進む者など、いわば体制内に進むエリートたちと直に付き合えたのも面白く、自分の人生にとっても貴重な体験となった。

那須・三斗小屋での夏合宿

中国語の授業にも全く出ることはなかったが、毎年行われる恒例の奥那須の三斗小屋温泉での中国語夏合宿に誘われた。お茶の水女子大学中国語科の学生と合同で毎年行われているという。「お前のように学生運動に没頭して全然勉強しないやつを救済するために始まったのが那須の夏合宿であり、参加したらどうか」と誘われた。

実は、一年生の時も同級生から、もし費用がなかったら皆でカンパするからと言って誘われたが、その時はアルバイトや体調不良で参加出来なかった。

初めて訪れた那須の大自然に目を見張った。黒磯でバスに乗りふもとにたどり着いてから、荒々しい活火山の茶臼岳を越え、峰の茶屋から一気に下に降りて、緑深い山中の小道をたどって二時間ほど歩くと、三斗小屋温泉についた。

三斗小屋温泉は、煙草屋と大黒屋の二軒があったが、中国語の合宿は例年煙草屋の離れを借り切って行われていた。当時は電気がなくランプ生活であった。大きな温泉場につかり疲れを癒した。女湯は別にあったが小さくて狭いということで、漁師のおばさんたちが、堂々と浴場を占めているのには驚いた。

空気もおいしく、水も豊富でうまかった。合宿の学生たちは自炊だ。食料はすべてリュックで下から担いで持ってきた。当番を決めて食事を作った。

昼間は、チューターを中心に中国語の勉強だ。自分はさっぱり分からない。時々居眠りをしながら聞いているだけだった。

夜になると、ランプを囲んでお互いに自己紹介をしあった。昼は、天気の良い日には、ハイキングに出かけた。山間の谷川を越えて一時間ほど歩くと大峠という戊辰戦争で激戦となった戦場跡があるが、そこを横切って、三本槍までの長い稜線を辿って山を登る。熊笹が生い茂り、花が咲き乱れる道をひたすら歩く。山道には熊が時々出るということであったが、若さのせいか全く意に介さない。女子学生の姿もまぶしかった。

中国語クラスの那須合宿（中央は工藤篁先生）

山斗小屋温泉（煙草屋）で

合宿の最後を飾る、満天の星空のもとでのキャンプファイヤーやフォークダンスなど、学生らしい生活を唯一満喫した楽しい思い出の合宿であった。

駒場寮委員長となる

四か月間の寮委員の任期はあっという間に過ぎた。次の委員長選挙に向けての動きが始まった。自分は寮委員長に立候補する決意を固め、山田雅康君を始め主だった寮委員に相談し、支持を取り付けた。そうこうしているうちに、革マル系の寮委員を中心に平田が寮委員長となる事を阻止しようとする動きが活発になった。また従来から寮委員会の中心となっていた政経研を拠点とする保守系の寮生も動き始めた。後にＮＨＫの記者となり五つ子の父親で有名になった山下頼充君が私に語ったところによれば、「体制の危機を感じて自分が立候補しようとしていた」という。

こうした諸々の動きに対して機先を制して、一五〇名くらいの寮生の推薦を取りつけ、達筆な浦野東洋一君（後の東大教育学部教授、学部長）の手によって、模造紙に毛筆で推薦者一覧を寮食堂の壁一面にデカデカと張り出した。この中には、佐々木毅君の名前もあった。これで気勢をそがれたのか、ほかに立候補する者もなく、平田の無投票当選となった。

当時自治会は各セクトが争っていたが、どこも多数派になれず乱立状態になっている中で、初めて民青系が駒場寮の委員長となったのだ。

駒場寮は完全自治制であり、寮委員会、総代会、懲罰委員会の三権分立制で、ほかに総代会から委任された監査委員会があった。寮委員会は任期四か月で、委員長が任命。寮委員会には、総務部、管理部、食事部があり、寮食堂は食事部が運営していた。寮委員には食券（月三三〇〇円）が支給され、これが寮委員になる魅力の一つとなった。

駒場寮は、北寮、中寮、明寮の三棟があったが薄暗く汚かった。自分が寮委員長になると、大学の営繕課によって寮の壁が塗り替えられ、蛍光灯が各部屋についた。寮は見違えるようにきれいになった。

以前からこの計画が進められており、工事の時期がたまたま自分が寮委員長となった時期と重なっただけであったが、民青が委員長になるとすごいことが起きると、保守系の寮生たちが驚いていた。

壁には落書きが一杯あった。漢詩が大きく壁に書かれていたり、共産党の山村工作隊に参加した者と思われるベッドの脇に小さく書かれた走り書きなど、時代の記憶が様々な落書きに現れており、消してしまうのは惜しいと思い、これを写真にとって残しておくように寮委員に頼んだ。一〇〇枚～二〇〇枚の写真があったと思うが、これを二袋の封筒に入れ、その一袋を平田が管理していた。誰かが貸してくれと言って持って行った記憶があるが、誰に聞いても、平田の身辺整理をやってもその写真の存在はどうしても分からない。当時の管理部長・辻武司君に聞いても写真を撮ったこと含めて記憶がないという。残念に思っている。

大学管理法問題で全学ストライキ

大学管理法案に対する反対運動が激しくなってきた。大学管理法案は、政府文部省の大学に対する統制を強化するために、それまで大学の自治にまかされていた学長や学部長の任免権をにぎり、教授会の権限の縮小を目論むものであった。

駒場の自治会は後に国会議員となった江田五月君が委員長、大蔵省に入り過剰接待問題で有名になった中島義雄君が副委員長をやっていた。当時は各セクトが乱立しどこも単独では多数派を形成することが出来なかったので、社青同（日本社会主義青年同盟）の江田と社学同（社会主義学生同盟）の中島が連合して多数派となっていたのだ。

自治会の代議員大会でストライキが議決され、駒場寮の総代会もストライキを議決した。民青系の立場は、大学の自治や大学管理法の問題点についてもっと教官・教授会とよく話し合うべきであり、安易なストライキには反対だった。

一一月一日に決行されたストライキの当日は、二〇〇名を超える大量の駒場寮生が参加して、正門を始めキャンパスすべての門で完全「ピケット」（スト破りを防ぐこと）を張った。私は正門前を埋めた学生たちの前で、駒場寮を代表して演説を行った。

当時は「矢内原《やないはら》三原則」が厳格に適応された時代であり、ストライキを「提案した者」「議論した者」「実行した者」は退学を含む厳しい処分を受けた。したがってなるべく犠牲を少なくするため、ストライキを議決する代議員大会においては、自治会委員長自らが提案者となり、代議員大会の議長も務め、当日の実行も自治会委員長自らが行うのが通例だった。

このストライキの結果、江田五月は退学処分となり、中島義雄は停学処分となった。

従来の例からすれば、自分も何らかの処分は免れないと覚悟していた。

当時、教授会のもとに第六委員会がありそこで学生処分が決められていた。

そこに中国語の工藤篁先生が属していた。工藤先生から呼び出しを受け、「いま平田の処分のことも議題になっている」ということを聞いた。

また、寮担当として第八委員会があったが、生物学の佐藤教授が委員長をされており、佐藤先生からも呼び出された。キャンパス下の駒場町のバーでウイスキーをご馳走になり、その際、郷里の両親のことなど身の上のことをいろいろ聞かれた。「これはやばい。俺はきっと処分される」とその時も覚悟した。

処分が発表されたが、自分は無処分であった。工藤先生は「お前は派閥が違う。寮委員長としての役目から演説しただけだと、もみ消しておいたよ」と笑って言われた。

先生方の配慮に感謝するとともに、「大学の自治のために闘った者が大学の自治によって処分される」という悲哀を強く感ぜざるをえなかった。戦前も戦後も、こうした「大学の自治によって」涙を呑んだものはどれほどの数に上るだろうか。自分は心底から怒りを感じた。

ストライキ後の構内はすさんだ空気が流れていた。そこで、駒場寮でブロックごとに大学管理法の問題や大学の自治をめぐって、教官と膝を交えてじっくりと話し合う討論集会を寮委員会で呼びかけた。

教官に参加していただくために、浦野東洋一君と一緒に本郷の教育学部を訪れ、教官に参加を呼びかけた。教育学部学部長の宗像誠也先生からは、これはいい企画だ、教授会で積極的に参加するように働きかけるという返事をもらった。大田堯先生にもお目にかかった。子ども会でお世話になった勝田守一先生を訪ねると参加を快諾された。その頃助手をされていた牧柾名さんを通じて、五十嵐顕先生のご自宅にも伺った。

駒場寮の各ブロックでもそれぞれの教官に働きかけが行われた。一二月初旬の寒い日であったが、大勢が集まる部屋がないブロックは、廊下に座布団を敷いて座り、教官の周りには七輪で暖を取り、真剣な論議が夜遅くまで続けられた。四〇〇名近い寮生が参加し、討論集会は大成功のもとに終わった。後に堀尾輝久先生（日本教育学会元会長）から、「僕もその討論集会に参加したよ」と言われた。

駒場祭にライシャワー駐日大使を呼ぶ計画を立てる

毎年、一一月下旬に駒場祭がおこなわれる。各クラスやサークルで展示や催しが行われ、学外からも大勢の見学者がある。寮の廊下も開放され、各部屋を飾る「寮デコ」が競われた。そうした中で、駒場寮委員会企画として、ライシャワー駐日大使の講演会をやろうではないかという話が持ち上がった。

英語の達者な副委員長の福島尚彦君と一緒に、虎の門のアメリカ大使館を訪れ、講演を依頼した。大使館の書記官が対応してくれたが、間もなくライシャワー大使が、講演を受諾されたとの連絡が入った。これは面白い講演会になると沸き立ち、大教室の九〇〇番教室も抑え準備に入ろうとした。

ところがこの講演会に対して待ったがかかった。ライシャワー大使は、日本で生まれた屈指の日本通であり、ハーバード大学で教授を務めた日本学の権威であった。安保闘争で高まった日本国民の反米感情を融和するために、野党や左翼活動家、知識人とも対話を重ねようとしていた。こうした状況にあったので共産党駒場細胞のメンバーから批判の声が上がったのだ。ライシャワー氏の講演会を開くなど、それこそ「ライシャワー路線」に乗っかるものではないかという。しかし私はこの意見には承服しかねた。大学は自由な学問の府である。ライシャワー路線が仮にそういうものであったとしても、まずは話を聞くということが大切ではないかと自分は粘った。

その一方で、学生部の西村厚生課長が、この企画を聞いてすっ飛んでこられた。「君たちは警備上の問題をどう考えているのだ。君たちだけの力で、あるいは大学だけの力で、ライシャワーさんの講演会を平穏無事に出来るのか、警察を導入するような事態になったらどうするのか」と厳しく言われた。

確かに、警備上の問題などあまり深く考えていなかったことは事実だ。冷静に考えれば不測の事態が起きる可能性は十分ある。新左翼系セクトが講演会を襲ってくる可能性もある。

皆で論議した結果、この講演会は中止しようということになり大使館に丁重にお詫びした。ライシャワー大使の講演会を取りやめた代わりとして、哲学者の柳田謙十郎氏に講演を依頼することになった。大教室の九〇〇番教室には二〇〜三〇名の聴衆が集まっただけだった。こうして、駒場寮委員長としての短い四か月は、あっという間に終わった。

留年の確定——雪の木曽路を歩く

次期駒場寮委員長の選挙が始まり、平田が推した堀義任君が保守系を破って寮委員長に当選した。その後も小林正洋君、岡本旦夫君と、しばらく平田系の寮委員長が続くことになる。

二年間の教養学部も間もなく終了となるが、授業にもほとんど出ず、活動に明け暮れる中で留年は必至となった。活動もますます忙しくなり、今後どうするか、どうしたらいいかも判断が出来ず苦しい日々が続いた。

学期末試験にも出なかったので、留年が確定的となった。

郷里の両親にも詫びなければならず、久しぶりに木曽路を訪ねて、郷里に帰ることにした。中央線で三留野まで行き、そこから木曽路を歩いた。島崎藤村の『夜明け前』の舞台となった馬籠は、高校時代に教師と何人かの友人で歩いたことがある懐かしいところだ。

雪の舞う、凍りつくような寒い日、自分の不甲斐なさを踏みしめながらただ黙々と歩いた。

馬籠につくと民宿を紹介され、一夜の宿を取った。ストーブの暖かさと、温かい汁が身に染みた。

翌日の夕方、郷里につくと、寮委員会を一緒にやった角田愛次郎君がわざわざ訪ねてきてくれていた。平田の「自殺」を心配したという。自殺するような気持ちは全然なかったが、はたから見ると相当憔悴しているように見えたかも知れない。

角田君の友情に感謝した。両親にも詫びた。

東京に戻ると、また活動が待っていた。

共産党目黒地区委員会から、地区委員をやってくれないかという話もあった。自分がそういう政治的活動や党の専従的活動に向いているとはとても思えなかった。そういう党の専従的な活動にふみ出せば、もはや学問を放棄し大学を中退することにもなるのではないかと思われた。

また、当時学生運動は四分五裂の状況で、全学連も崩壊しており、学生運動と全学連の再建に向けて、川上徹氏を中心に平民学連（安保反対、平和と民主主義を守る学生自治会連合）が結成され次第に盛り上がりつつあったが、その下部組織にあたる東京学生平民共闘会議の議長をやってくれないかという話も川上氏から直接あった。

悩んだ末に、このままでは勉強することは出来ないから、寮を出ようと決意した。

当時共産党目黒地区委員会の幹部をしていた前田さんに誘われて、三月から目黒区洗足にあった三畳ほどの二階の部屋に下宿した。なんとこの部屋は、かつて安保闘争の「六・一五」事件で亡くなった樺美智子さんが駒場時代に住んでいた部屋であることがわかった。

テープレコーダーも購入し、中国語の勉強を始める準備もした。

こうした中でも活動は続いた。断りきれなかったのだ。

松川事件の差し戻し審最高裁判決を前にして、傍聴券を確保するために最高裁の庭に寝袋を持ち込んで徹夜で待機した。一緒に徹夜で待機した労働者から、学問をしっかり頑張ってくれと激励された。最高裁の庭で迎えた朝焼けの空の美しさを、いまでもはっきりと覚えている。

再び寮に舞い戻る

駒場寮は出たが、まだ全寮連の役員の資格は残っていた。

共産党の学生対策部長の広谷俊二氏から党本部に呼び出しを受けた。五月に開かれる全寮連大会に出席し執行部を握るべしという強い働きかけと指示があった。広谷氏からの直接的な指示があったのは、これが最初である。全国の国立大学はいずれも寮が学生運動と活動家の拠点となっていた。全学連の再建に向けてまず全寮連を抑えるという彼の戦略があったことは間違いない。

駒場寮はすでに出ていたし今度こそ勉強する決意でもあったので、全寮連の活動もこれまでと思っていたが、広谷氏の強い指示を断りきれなかった。

そこで自分は全寮連大会に出席することにした。我々は自らを民主派と呼び、平民学連派を糾合し東京都立大学東寮の木村君を委員長候補に立てて執行部を握ることに挑戦した。

その頃、平民学連はしばしば全国集会を開いていたが、その都度寮分科会が開かれ、民主派のネットワークが出来上がりつつあった。平田が学生新聞に寮問題の論文をしばしば発表したこともこうした寮活動家の結集をはかるのに役立った。

また、平民学連の集会に地方から参加する学生のための宿泊所の確保に、都内の寮を活用することで協力した。こうした活動も都内の民主派の寮活動家のネットワークの形成に繋がった。

しかし、準備不足で全寮連の執行部を取ることは失敗した。当時の執行部側の活動家から後に教えてもらったところによれば、すでにこの時点で我々民主派が多数派になっており、このままでは負けてしまうと、執行部が都内や関東地方の寮から彼らの活動家を動員し、代議員数をごまかして乗り切っていたのだという。

全寮連大会に引き続いて東京都寮連中央委員会が開かれた。これにも広谷俊二氏の指示で参加した。都寮連ではまだまだ我々の勢力は強くはなかったので、こちらが多数派になり委員長になる事などありえないことを前提に委員長に立候補した。委員長選挙に負ければ、それで寮活動も終わりにしようと思っていた。広谷氏の要請を断る口実にもなる。

ところが新左翼系の対立候補と同数でなかなか決着がつかない。もう一度所信表明をやり直し三回目の投票の結果、それまで保留していたお茶の水女子大学大山寮の代議員三名が平田支持に回り、平田が都寮連委員長に当選してしまった。

共産党本部の広谷氏に報告に行くと、広谷氏はしてやったりとした表情を浮かべ、寮の活動、全寮連再建の仕事は君に向いており、君の任務なのだとにんまりと笑いながら言った。

せっかく寮を出て今度こそ勉強しようとしていたにも拘らず、学問に対する自分の意志の弱さで党からの要請を断り切れず、こうして広谷氏の指示でまた駒場寮に舞い戻ることになった。以後、党の任務として、全寮連の再建に向かって取り組むことになる。

過労と栄養失調でダウン

全寮連大会や都寮連大会が終わった後、活動の疲れや学業が出来ないストレスなどのため体調不良に陥り、やる気も全然沸いてこず、寮のベッドでただ寝る日々がしばらく続いた。当時七つぐらい抱えていた任務や週二回の二つのアルバイトなどを表にして、ため息をついた記憶が残っている。

医学部志望の伊藤淑子さんらに、医療費は自分らが出すからと言って無理やり連れられて、代々木病院（当時は木造）の診察を受けた。栄養失調と心臓肥大であると診断され、太いリンゲル注射を打たれた。しばらく休養することを命じられて、またもや一旦郷里に帰って休むことにした。

中国語クラス同級生の春日井明君（自民党東京都連幹事長の息子）が見舞金として一万円を

カンパしてくれ、東京駅まで女の友人を連れて見送りに来てくれた。夜行列車に揺られながら、「北帰行」を心の中で歌った。

全寮連の再建に向けて

一か月ぐらいで元気を取り戻して、再び駒場寮に帰ってきた。

全寮連再建に向けての本格的な取り組みを始めた。全寮連執行部は、大会は乗り切ったものの、次第に無活動状態に陥っていた。

全国の学生寮では、新寮建設に伴う管理規則の制定問題や寮食堂の炊事婦公務員化（大学負担）などをめぐって紛争が勃発しつつあった。

全寮連執行部に何度も全国対策会議の開催などを要請したが、書記局活動も崩壊状態であり、全寮連通信すら発行出来る状態ではなかった。

そこで、これまで作り上げてきた民主派のネットワークをもとに、東京都寮連委員長の平田が呼びかけ、一一月に全国寮代表者会議を開催した。全国から一五〇名近い寮の代表者が集まった。この会の成功が、翌年の全寮連の再建に繋がる基盤となった。

またもや留年の危機

こうした全寮連再建に向けた活動を続けながら、大学の授業には相変わらず出る余裕はなかったが、何とかして教養学部の履修単位を取ることだけはしようと思っていた。

レポート提出や、試験がある科目は何とかなったが、外国語と体育の科目だけは、授業に出席していないで単位を取ることはほとんど不可能だった。必修科目に不可があるとどうにもならなかった。

一九六三年二月の期末試験を前に、中国語の工藤先生から呼び出しを受けた。中国語の試験を受けるようにという話とともに、体育の神田順治教授（東大野球部監督）を訪ねるようにとの話があった。

神田先生を訪ねると、先生から「君は何で授業に出ないのだ」大声で一喝された。

そして、「これから二週間、午前と午後の授業に二回ずつ他のクラスに混じって体育実技の授業を受けたら、単位を与える」という話があった。

そこで、それから二週間、毎日体育実技の授業に出ることになった。午前中は、ハンドボールにサッカー、午後はマラソンと野球というように他のクラスに混じって授業を受けることになった。

初めは楽しく受けていたが、三日目ぐらいから体のあちこちが痛くなり始めた。一週間経つと、足腰が立たず朝起きるのもつらくなった。自分は必死に頑張った。

二週間の授業を何とかクリアして神田先生を訪ねると、先生は、にこっと笑って「合格」と言われた。「途中でへばると思ったが、よく頑張った」と言われた。

これで、必須科目の体育だけは何とかなったが、中国語はダメだった。

期末試験は相当頑張ったが、やはり必要な単位をクリアすることは無理だった。

またもや留年が必至となった。本郷に進学出来た時に備え、豊島寮に入寮手続きを取り入寮選考もクリアしていたが、それも無駄になった。

全寮連再建大会

駒場も四年目に入ったが、留年続きで元気が出ず落ち込んでいた。

例年、五月に開かれることになっていた全寮連の大会が近づいてきたが、一向に大会を開催する動きはない。自分は落ち込んでいて何となくグズグズしていた。

そうした状況にあった時、東北地方寮連委員長の出浦秀隆君が駒場寮に乗り込んできた。

「全寮連の再建のためにここまで努力してきたのではないか、寮問題もますます深刻になり紛争も各地で勃発しているのではないか、平田氏がここで立ちあがらなくてどうする、平田立つべし」と、えらい調子で説得に乗り込んできた。あとから考えると、共産党本部の青年学生対策部長・広谷俊二氏の意を受けて説得にきた可能性がある。

出浦君の説得を受け、グズグズしていた自分もようやく全寮連の再建に向けての具体的準備に入った。東京都寮連委員長平田勝、東北地方寮連委員長出浦秀隆、東海地方寮連委員長福島隆男、関東甲信越地方寮連委員長石堂喜久治の連名で、全寮連大会の開催を要求した。しかし、全寮連は活動停止状態で大会を開ける状態には程遠かった。

そこで、やむなくいくつかの地方寮連の呼びかけで、臨時大会を開催することにした。

全寮連の臨時大会は一九六四年五月三〇日～六月一日にかけて、芝公園の真向かいにあった中労委会館で行われた。

大会をめぐってはいくつかの印象深い出来事があった。まず大会を無事に開くことが出来るかどうかが問題だった。会場に近い商船大学の寮に大会警備の協力を取り付けに出向いた。商船大学は全寮制の大学であったが、長年留年して寮生のボスのような存在であった弓削政男君が出てきて、大会の警備は引き受けたと言ってくれた。全寮連大会に何かあったら、授業放棄をして会場に駆けつけるという決議をしていたという。

地方から出てくる寮の代表は、みな夜行列車で上京し、当日の朝東京駅に到着して会場に出向くのが通例だった。朝早く駒場寮に連絡が入った。「変な男たちが会場の周りをうろついている」と。どんな様子をしているかを聞いたところ、どうも商船大学の学生らしい。それは会場警備をしてくれている学生たちで何ら問題がないことを伝えた。

また、何十人かの駒場寮生も大会警備にはせ参じた。その中には、後に警察庁に入りパリに本部がある国際刑事警察機構総裁となる兼元俊徳君もいた。また、この大会には駒場寮に入寮したばかりの白川勝彦君（後の自治大臣・国家公安委員長）も代議員として出席した。

大会の議案書は、前日手分けして徹夜で準備した。基本方針のところは平田が自ら書いたが、

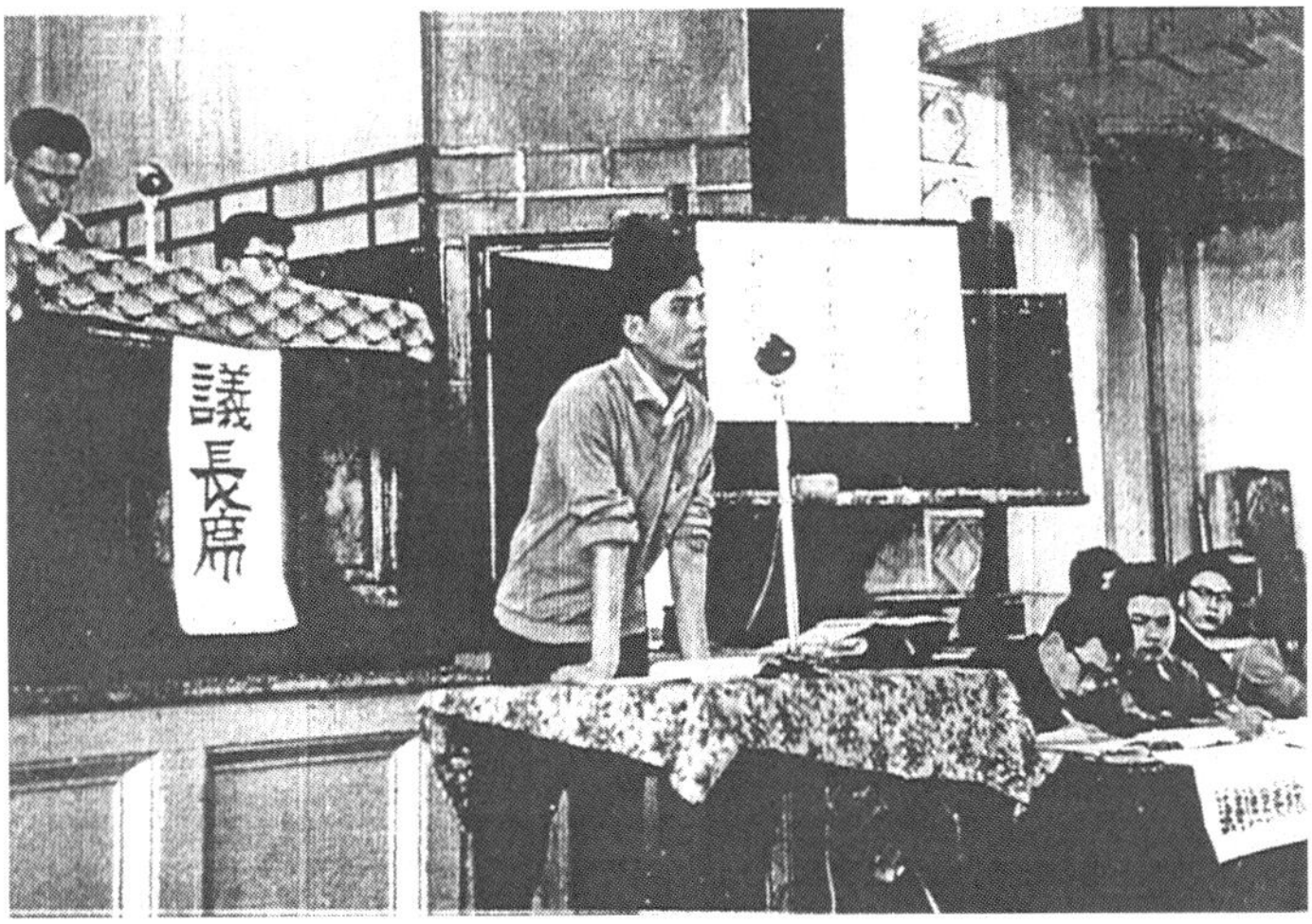

全寮連再建大会（於：中労委会館）
演説する出浦秀隆君、その右隣：平田勝、塩崎利吉君

他のところは議論するヒマもなく、分担した者が勝手に書いてガリ刷の議案書を作り、大会にようやく間に合った。

寮問題と寮をめぐる紛争が盛り上がっていることを反映して、大会は盛り上がった。最後に役員を選出して、三日間にわたった全寮連の大会は無事に終わった。委員長に東大駒場寮の平田勝、副委員長に東北大学明善寮の出浦秀隆君、書記長に東大駒場寮の塩崎利吉君を選出した。

地方の寮連のなかには持ち回りで役員を選ぶところもあったが、この大会に参加した四国寮連委員長の古栗絹江さんもその一人で、こうした雰囲気の大会に出席したのも初めてのことであり、同世代の学生たちが熱心に議論する熱気に当てられたか、三日間食事はほとんど喉を通らなかったという。こうした寮生も含めて、学生たちが力を合わせて、自らの力で大会を開催し成功させたのだ。

夜、渋谷でささやかな祝勝会を開いた。商船大学のボス・弓削君も参加して会は盛り上がった。勢い余って帰りは交番にデモをかけるようなこともあったが、無事に駒場寮に凱旋した。共産党の広谷氏に報告するのをすっかり忘れていたことを思い出した。翌日電話を掛けると、「大会が無事に開催されたかどうか、ひやひやして報告を待っていた」と怒られた。

こうして全寮連の再建が成り、このことが同年一二月の全学連再建の先駆けとなった。

駒場の卒業

全寮連委員長の役目を務めつつ、最後に残っていた中国語の単位を取ることに挑戦した。展望は全く見えなかったが、後輩の福田浩昭君がやってきて、後にＮＨＫに入り中国語講座ディレクターとなった秀才の鈴木英昭君をチューターとした、数名の試験対策の合同勉強会に参加しませんかという誘いを受けた。渡りに船で有難くこの誘いを受けた。

当時、工藤先生は授業で老舎の『駱駝祥子』をやっていた。授業の範囲内でチューター・鈴木君の解説を聞いているうちに、自分はその内容に感激してきた。小説全部を読みたいと思い、翻訳が出ていないかどうかを尋ねると文庫が出ているという。さっそく手に入れて、一晩で全部を読み終えた。小説の筋はバッチリ頭に入っているから、試験問題が出されるとあの場面だということがすぐ分かった。中国語の分からない点は想像力で補い答案を何とか書きあげた。あとで「平田はいつ中国語の力を付けたのか」と言われ、内心恥ずかしい思いをした。しかし、

全寮連３月ゼミナールのあとに開かれた全寮連中央執行委員会で

これで四年かかったが、すべての単位を習得出来ることになった。

全寮連は、その後大阪府寮連などの執行部を押え、委員長に大阪外国語大学花園寮の武田常夫君を選出するなど、ほぼ全国の大学の寮に基盤を拡げ着実に発展した。

全国の大学で学園紛争が勃発しつつあった。授業料値上げ問題、大学移転問題、学生会館問題、生協設立をめぐる紛争など多様な紛争と並んで、一番目立ったのは学生寮をめぐる紛争だった。全国の大学で、新寮建設に伴う学寮規定問題、入寮選考権問題、食堂の炊婦公務員化やその他の経費の負担区分問題などで紛争が起こり、それが一挙に全学の闘争に拡大したのである。寮問題、寮連運動が学園紛争の起爆剤となりつつあった。一九六五年三月には「全寮連三月ゼミナール」が、全国から一〇〇〇名の寮生が参加して開催された。

こうした中で、全寮連委員長としての活動も無事に終え、次期委員長の秋廣道郎君に引き継ぐことになった。これで長い駒場生活も終わりになった。

寮生活と寮委員会について

駒場での四年間の学生生活は駒場寮での寮生活、そして寮運動とともにあった。

最初に入部した部屋は、学生運動の拠点となった中国研究会という部屋であり、寮生以外の駒場の学生運動家が常時たむろする場所でもあり、赤旗を集配する場所でもあった。

アルバイトやその他の用事で外から帰ると、活動家の誰かが自分のベットで寝ていることも多かった。目覚まし時計や書棚の本も誰かに知らぬ間に持って行かれることも多かった。部屋で会議や論議が絶えず行われており、プライベートな空間はほとんどなかったと言ってよい。

活動家以外の一般の寮生にとってはそうした生活は耐え難く、寮を出たり他のサークルに部屋替えする者も多かった。そうした事情から、後に活動家だけの部屋を別につくろうということになり、「桑の実会」という部屋が一九六二年の春に出来た。かつて基地拡張に反対する砂川闘争で桑畑に学生たちが座り込んで闘った学生運動の伝統にちなんでつけた名前だ。自分は、中国研究会もしくは桑の実会のどちらかに所属した。

そうした特殊な部屋に所属する寮生活であったが、それでも寮生活を満喫した。

学生運動の活動家とも運動だけの表面的な付き合いにとどまらず、さまざまな個性あふれる存在を知った。

特に駒場寮の寮委員会の活動に参加した経験が自分にとって大きかったと思う。

寮生活は一つ屋根の下で同じ釜の飯を食う関係だ。同世代の青年が二四時間共同生活をおくり、様々な人間が裸の付き合いをすることになる。しかも、自治寮であるがゆえに、多様な者の集まりの共同生活を自らが律するという経験を積む。

寮生活および寮委員会の活動経験が自分にとっては駒場時代のすべて、といってよいくらいの価値を持っていたと思う。

寮委員会の同窓会的集まりは、その後もしばしば開催された。彼らの多くはいわば「体制内エリート」としての道を歩んだが、彼らとは全く異なる生き方をした自分にも、いつも連絡をくれ参加を呼びかけてくれた。そして異なる生き方をした自分に対して、何か敬意のようなものを払ってくれているのではないかと感じたこともしばしばあり、彼らに感謝した。

寮委員会を一緒にやった佐々木毅氏が東大総長になった時もかつての寮委員会でお祝いの会をやり、東大総長を辞任した時も慰労会をやり、さらには学習院大学での最終講義にも皆で駆けつけた。こうした集まりには、同時期に寮生活を共にした、通産省を経てトヨタ自動車副社長となった中川勝弘氏や、大阪高検検事長となった頃安健司氏なども参加していた。

佐々木毅氏は二〇一九年秋に文化勲章を受章した。

佐々木毅東大総長の慰労会（前列右から２番目：佐々木毅氏、右端：平田勝）

後日談になるが、後に花伝社を興して出版社を立ち上げたのちも、「文学青年」であった平田などに会社の経営がうまくいくかどうかを心配して、都市銀行に入った辻武司君や大企業の社長になった荒井理夫君らがしばしば訪ねてきてくれた。中小企業の倒産は手形の支払いをめぐって起きることがよくあるということで、辻君が手形の使い方や注意すべきことなど経営に役立つ知識をいろいろと教えてくれた。これらの助言がどんなに役立ったかしれない。

学生運動にあけくれて学問を修めることは出来なかったが、こうした多くの人間と出会えた寮生活と寮委員会の活動を経験出来ただけでも、自分にとっては東大に入学した価値が十分あったと思っている。

駒場の四年間をすごした懐かしい駒場寮も、いまや廃寮となり跡形もなくなった。

全学連の再建と新しい学生運動の流れ

国立大学授業料値上げ反対闘争の中で一九四八年に結成された全学連は、その後共産党の極左冒険主義や党の分裂の影響を受けて混迷状態にあったが、一九五六年四月頃から全学連初代委員長の武井昭夫氏の強い影響のもとに、「層としての学生運動論」が全学連の指導方針となり、学生運動は活気づきつつあった。

「層としての学生運動論」は、極めて政治主義的傾向を持ち、学生は身のまわりの経済的要求で全国的な闘争に立ちあがるものではなく、世界平和とか民族の運命にかかわるような問題でこそ、その情熱や正義感、行動力を発揮するエネルギーを持っているのであり、戦前は一部の先進的な学生による思想運動が主体であったが、戦後は学生全体が「層として」平和と民主主義のために闘う条件が生み出されるに至ったとした。そして、そのためには時々の政治情勢の「環」を明確にして学生のエネルギーを引きだし、激烈な全国的統一闘争を闘う必要があるとした。

この理論によって学生運動が活性化し、砂川闘争を始めとする基地闘争、核実験の中止を求める平和運動、勤評闘争、警職法反対運動、安保闘争など戦後学生運動の黄金時代が切り開かれたことは事実である。

しかし、この理論は政治主義的、急進的傾向を持っていたがゆえに、一時的に盛り上がってもすぐ停滞し、また政治主義的運動論であることから必然的に政治グループによって分裂し、学生大衆と遊離したところで一部活動家の引き回しが行われる結果を招いた。

安保闘争のさなかに、全学連執行部はブンド（共産主義者同盟）が主導権を握ったが、全学連大会において反対派の入場を拒んだり、権利停止処分などを強行し、全学連の統一は破壊され分裂するに至った。さらにその後の全学連大会では、革共同（革命的共産主義者同盟）がブンドを締め出して、大会を強行した。

ここにおいて、全学連と学生運動は完全に四分五裂の状態に陥るに至った。


こうした状況の中で、一九六二年頃から新しい学生運動が全国の大学に起こりつつあった。それは、学生運動は当面する政治課題でも闘うが、クラス・サークル・寮を基礎に、学生の勉学上・生活上の要求や課題に基づく活動を基本として、研究会やゼミナール活動、文化サークル運動、セツルメントや教育研、部落研の地域活動など多様な活動を展開し、一部の活動家集団だけの活動ではなく、みんなが参加出来る学生運動を目指すものであった。

こうした運動に対して「身のまわり主義」ではないかという批判もあったが、これまでの学生運動にあった政治主義的傾向を克服して、大学と学生大衆を基盤にした広範な運動を構築しようとするものであった。

こうした中で、一九六二年に政暴法に反対する署名活動を大学内で行ったことで大学を退学させられた二名の女子学生を支援して、昭和女子大事件支援共闘会議が発足した。

一九六三年には平民学連（安保反対、平和と民主主義を守る全国学生自治会連合）が結成され、「三月集会」が全国から五〇〇〇名の参加のもとに開催された。

一九六三年七月には「平民学連第一回大会」が開かれ、四三〇〇人の学生が参加し、一九六四年三月には「第一回全国学生文化会議」が開かれ、一八一〇名の文化運動の活動家が参加した。

こうした運動の積み上げによって、全学連再建の機運が盛り上がりつつあった。

こうした状況の中で、一九六四年五月三〇日～六月一日に全寮連臨時大会が開催され、全寮連が再建されたのだ。寮の運動、全寮連の運動は、こうした新しい学生運動の中心的な一翼を担う運動となり、全学連再建の先駆けとなった。

工藤篁先生のこと

大学に入学した当時、工藤先生は病気療養中であった。大学の二年目から中国語は工藤先生の授業を受けることとなったが、自分は全く授業に出なかった。

工藤先生の研究室は、駒場寮の中寮に隣接する南寮にあった。いつごろからそうなったか記憶がはっきりしないが、工藤先生からしばしば研究室に来るようにとの電話がかかってきた。もちろん中国語を勉強するようにとの説得が中心であった。駒場寮委員長当時の大学管理法反対の全学ストライキで平田が処分されそうになった時のことは前に触れたが、その後もしょっちゅう電話がかかってきた。

工藤先生から電話がかかってくると、自分は何をおいても都合をつけて研究室に出向いた。三〇分ほどいつもの中国語を勉強せよという厳しい説教が済むと、その後はいつも楽しいことが待っていた。

先生は大のグルメ志向だった。「平田、今日はあそこの讃岐うどんを食いに行こう」「あそこの寿司がうまい」「道玄坂にある、くじら屋に行こう」と食事に誘われた。貧乏学生にとってはまたとないご馳走にありついた。そこで先生からいろいろな話をコンコンと聞かされた。先生は世の常識と少し違う考えや感覚を持っておられたが、それを聞くのが楽しかった。授業には出なかったが、もっとも強い影響を受けた先生であった。いまでも自分のこういう考えは「工藤流だな」と思うことがしばしばある。

中国語の単位を馴れ合いで安易にくれる先生ではなかったが、体育の授業の単位を取るために神田先生に渡りを付けてくれたのも工藤先生である。工藤先生の存在がなかったら、多分駒場の段階で自分は東大除籍または退学となっていた可能性が高い。

先生の配慮に感謝するとともに、その時もそれ以後も、先生の期待に反して中国語を全然勉強しなかったことを、いまでは先生に詫びるのみである。

学生部の鷹野課長の配慮

本郷に進学出来ることが確定的となると、ある日学生部の鷹野次弥課長から、突然呼び出しを受けた。学生部に出向くと鷹野課長から、「本郷に進学出来て良かったね」と言われ、「ところで君の奨学金はどうなっている」と聞かれた。

奨学金の支給は留年で当然のことながら停止状態にあった。鷹野課長は、奨学金の復活については自分に任せなさいと言ってくれた。

学生部の方々には学生運動で散々世話を焼かせたと思う。しかしながら、こうした配慮を学生課長が自ら申し出られたことに感謝した。自分は奨学金の支給はとっくにあきらめていたし、復活出来る方法があるとは夢にも思わなかった。あとで知ったが、鷹野課長は苦学して現在の地位を得られた方であるという。自分が学生運動や党の任務を、貧乏しながらも忠実にやっていたことを鷹野学生部長は見ておられ、こうした配慮に繋がったのではないかと思う。鷹野課長は、後に勃発した東大紛争の一年後に突然亡くなられたことを知った。過労死ではなかったかと思う。

一九六四年一二月一〇日〜一四日、全学連再建大会が七二大学、一二九自治会の代議員、自治会の正式代表、四百数十名の傍聴者が参加して開かれた。川上徹氏が全学連委員長となった。長かった駒場時代も、全寮連の再建そして全学連の再建が成り、自分にとっても一区切りがついた。本郷に進学したら、今度こそ勉強するのだと、自分に言い聞かせた。学生運動に明け暮れ、勉学と活動との両立に悩んだ駒場時代が終わった。

第3章

東大本郷——1965年〜1968年

東大本郷に進学——つかの間の授業

一九六五年四月、本郷の文学部に進学した。駒場寮中国研究会の先輩に紹介され、板橋区上板橋にあったオンボロ長屋・陽風荘に住むことになった。六畳一部屋で賄い付き六〇〇〇円の家賃であった。この長屋には代々共産党の活動家が住んでおり、後に共産党書記局次長となった宇野三郎氏もここに住んでいたという。

文学部中国哲学科に所属することになった。中国哲学科に進学したのは、自分と台湾出身の許作人君の二人だけであった。宇野精一教授と二人の助教授が出てきて、「君たちは、今度は勉強するつもりか」と聞かれた。許作人君も我々と一緒に学生運動をやり、留年を続け自分と同様駒場に四年間もいたのだ。

一か月ほどは、中国哲学を始め様々な講義に出席した。

しかし、またしてもさまざまな活動に引っ張りだされた。間もなく文学部の共産党細胞長となり、また本郷全体の共産党総細胞委員にも選ばれた。

学生自治会中央委員会議長に予定されていた稲葉英幸君が、経済学部の自治委員選挙で落選したことを受け、急きょ平田が引っ張り出され、七月には東大全学部の自治会連合体である学生自治会中央委員会議長にも選ばれた。

こうして授業に出たのもつかの間で、またしても活動にのめり込み、学問に集中することは出来なかった。共産党学生対策部の面々から、「それ見たことか、君は学問などに向いていないのだ」と冷やかされた。

学問に対する自分の甘さを痛感せざるを得なかった。学問に集中するためにはそれなりの環境を整備し、またそれなりの時間が必要である。一緒に自治会中央委員会で活動し書記長をやった藤田幸一郎君が、平田が訪中から帰国すると「平田氏がいないのでこの間は自分がやってきたが、平田氏が帰ってきたので自分は中央委員会の活動は降りる」と言って、それ以後きっぱりと自治会活動を辞め、経済学の勉強に集中し始めた。藤田君のこの決断には驚いたが、別に彼を非難する気持ちは起こらなかった。学問に集中しようと思えば、そのくらいの決断はあると思った。ただ自分は出来なかっただけのことだ。藤田氏は後に一橋大学の教授となった。

駒場時代に党に残った一〇名ほどで始めた党組織や民青は、東大でも相当な勢力になりつつあった。そうした動きを作るに当たって自分は指導的な位置にあった一人であり、その組織原則は「民主集中制」（民主主義的中央集権主義）であった。上級の指示や組織の決定には無条件で従うのが、共産党員としての当時の倫理観であった。自分のやりたい学問に集中したいからと言って、党の組織で決めた任務を拒否することなど、自分には出来なかった。また、当時の雰囲気として、個人の犠牲を厭わず、党と人民に奉仕するのだというような気分が満ちており、またそうした自負もあった。

この時の学生自治会中央委員会の活動は面白かった。中央委員会は、安保後の崩壊から再建されたばかりで活気があり、またベトナム反戦、日韓条約反対運動などが空前の盛り上がりを示しつつあった。

父を五月祭に招待

本郷に進学したのを機会に、田舎から父を五月祭に招待した。駒場時代はそうした余裕もなかったのだ。陽風荘で一夜を過ごした後、東大構内をあちこちと案内した。三四郎池にも連れていった。父の誇らしげな顔が記憶に残っている。

安田講堂で大河内総長の講演も聞いた。横に座っている父を見ると、疲れたのか時々居眠りしていたが、講演が終わって「どうだった」と感想を聞くと、「うーん、いい話だった」と言った。

あの田舎から東大に入学し、ともかくも本郷に進学し、学問をしようとする息子の姿を見て、父はどんなにか安心したことであろう。学生時代の唯一の親孝行であった。本当は母も招待したかったたが、また母も息子が入った東大を父と一緒にどんなにか見たかったであろうと思うが、小中学校に通う小さな弟たちが三人もいて、かなわなかった。

日中青年交流会に参加

一九六五年八月に第一回日中青年交流会が開かれた。自分は学生団体の一つの団長として参加することになった。日中国交回復前のことであったが、この交流会には日本側から、二五団体二九五名が参加した。学生は三つの団体から五九名が参加し、東大からは、平田と、藤本斉君、柴田勝征君の三名が参加した。国交回復前としては異例な人数であったと思う。人数が多いことなどを理由に閣僚会議の命令で旅券がなかなか下りず、外務省の廊下に座り込んだりした。奉加帳を持って訪中する費用を集めたり、後に経団連の職員となった島本明憲君や最高裁判事となった近藤崇晴君などを中心に中国語クラスの友人たちがカンパを集めてくれた。

八月一四日に羽田をたって、九月二二日に帰国した三九日間の旅であった。

中国側受け入れ団体は、中日友好協会、中華全国青年連合会、中華全国学生連合会などであったが、実質的には中国共産主義青年同盟（共青団）が中心であったと思う。後に中国共産党常務委員となられた胡啓立さんが、中国側の責任者であった。

文化大革命が始まる直前の中国を経験した貴重な体験となった。

香港で一泊し、国境の川を越え、当時は農村であった深圳《しんせん》に入り、広州での交流会を経て北京に向かい、北京での交流会のあと、自分は南方コースに加わり、武漢、長砂《ちょうさ》、南昌《なんしょう》をめぐって、廬山《ろざん》に登り、杭州の西湖《せいこ》を訪れて上海に到着し、上海での交流会を終えて、再び香港に着き羽田に帰ってきた。

この交流会で一番印象に残ったことは、何と言っても人民大会堂で、毛沢東、周恩来、鄧小平《とうしょうへい》、劉少奇《りゅうしょうき》、彭真《ほうしん》さんなど中国の指導者の面々と直接お目にかかる機会（接見）があったことである。文字や映像では知ることの出来ない中国革命の指導者の方々の雰囲気というか、「気」

友好大联欢的日本青年朋友並合影留念 一九六五年八月二十六日

上海での交流会

万里の長城で

「日中友好」の旗を掲げて揚子江を泳ぐ中国の青年

第1回日中青年交流会

毛主席刘主席周总理等領导人接見参加中日青年

毛沢東、周恩来、鄧小平、劉少奇、彭真、賀龍、康生、郭沫若、廖承志
などの中国の指導者との接見（人民大会堂で）

毛沢東主席に会う（右側：平田勝）

北京での歓迎会で

毛沢東の生家を訪ねる

ともいえるようなものを、「文学青年」として直接肌で感ずることの出来たことである。

人民大会堂の小さな部屋で接見が行われたが、日本側の団長たちを前にした、毛沢東の「真の日中友好はあなた方、若い世代にかかっている」という言葉は鮮明な記憶として残っている。毛沢東との面会を中国側の青年運動の指導者たちが、日本側以上に興奮していたことも記憶に残っている。彼らも毛沢東と直接会える機会はそうなかったと思うし、この接見は当初の予定にはなく、突如実現したのではないかと思う。

受け入れ側の、革命の第二世代ともいうべき中国共青団の若い指導者たちに直に触れたのも印象深かった。自分はそこに純粋な〝社会主義的人間像〟を見た。虚飾とか見栄といったものではなく、純粋に党と人民に服務しようとする人間像を自分は彼らに見たと思った。

当時の青年運動の指導者たちは、文革において実権派としてことごとく打倒された。ある幹部は、文革における毛沢東の意図がはっきりわかった時泣いたという。毛沢東は権力を奪回するために、紅衛兵を動員し、自らが作り上げた中国共産党を破壊し、革命に参加した多くの指導者や知識人を実権派として排除し、死に追いやったのだ。政治とは、革命とは、そのような側面を持っているのだと思う。文革の実態を知るにつけ、当時の中国の青年運動の指導者たちの思いは如何ばかりであったかと思う。

中国語を始めもっと中国のことを勉強して訪問したならば、より多くのものを学ぶことが出来たように思うが、こうした機会が自分に与えられたことを感謝した。

中国の雄大な自然、揚子江の大河の流れ、大地に沈む太陽が強く心に残っている。また中国の人々の多さにもびっくりした。大地から湧き上がってくるような感じの人々の大群といったことを、幾度となく感じた。

すべての日程をこなし、上海から帰途についた列車の中で、交流会の中国側幹部の方々と歓談したりしながらマオタイ酒をチビリチビリと飲んだ。一つの仕事をやり終えた達成感と若さがあったせいか、列車の中で寝ていた時、自分の体が宙に浮いているような感覚になった。あとにも先にもこのような酔いを経験したのは初めてのことであった。

ベトナム反戦と日韓条約反対闘争

中国の旅から帰ると、休む暇もなく学生運動の日々が待っていた。

文学部の自治会室に寝袋を持ち込んで長椅子で寝るような日々が続いた。こうした生活で坐骨神経痛を患ったこともある。

当時の課題は、ベトナム反戦運動と日韓条約反対闘争が中心的テーマであったが、一一月一三日の全学連の統一行動に合わせて、東大でも全学集会が安田講堂前で行われることになった。ここで問題が生じた。

安田講堂前で集会をやれば、当時の前例では自治会の責任者が必ず処分を受けた。私の前に中央委員会議長を務めた古川公毅君が、この五月に五〇〇〇名のベトナム反戦集会を安田講堂前で行い無期停学処分を受けたばかりであった。

集会が近づくにつれて、学生部や文学部事務長・尾崎盛光さんらの動きが慌ただしくなり、平田に対していろいろな働きかけがあった。

東大の学生部は、当時安田講堂の地下にあったが、その職員の中に、中国語クラスの先輩の武山恒久さんがいた。彼の話によれば、集会を安田講堂前でやれば必ず処分が出る。何とかならないか。平田を処分したくないのだ、と言う。また、学生部の横山課長からも呼び出しを受けて話を聞いた。安田講堂前で集会をやるのは避けて、銀杏並木でやってもらえないか。「東大集会」という名称は避け、全学連の統一行動に向けての「集合」ということにしてくれないかと言う。そんなことならいいですよ、と承諾した。当時の状況判断として、駒場、本郷を合わせて五〇〇〇名は難しい。せいぜい一〇〇〇名だ。当時のマイクは性能も悪かった。銀杏並木でやれば、両脇に建物が立っているからマイクの声も通りがいい。

ということで、すべてを了承し、当日は「集会」だったか「集合」だったか、ムニャムニャと言って、一〇〇〇名の集会を成功させた。小林直樹、坂本義和、大内力教授など学生委員会の教授たちが全員見守っている中で、「どうだ、しっかりご覧になったか」というような顔をして集会を取り仕切った。一〇〇〇名と言えば、正門まで学生たちでびっしり埋まった。安田講堂前をデモ行進して全学連の統一集会に向かった。

結局処分などは一切でなかった。学生部の職員や尾崎事務長が、「平田は頭が柔軟だ」と盛んに言うので少し照れたが、彼らのメンツも立ったということではなかったか。

東大八年間で、駒場時代の大学管理法反対の全学ストの時と、この本郷での集会の時が、前例からいえば自分も処分を受ける可能性があったが、譴責《けんせき》処分などを含めて結局一度も処分を受けることがなかった。

話は前後するが、中央委員会議長に就任してから、東大総長の大河内一男先生から時々コーヒーを飲みに来ないかという電話があった。文学部の自治会室と総長室とは目と鼻の先だったから、よく出かけた。総長室のコーヒーはうまかった。

当時は学生運動の盛んな時だから、学生運動の中心的な人物と渡りをつけておこうというような思惑もあったと思うが、そこで聞いた先生の話は、いまでも強く印象に残っている。

大河内先生は日本の労働運動と日本的経営についての権威だった。その話の中で特に印象に残っているのは、「平田君、日本の労働運動というものは、やっと力を付けてきたかと思うと、左派が出てきてこれをぶち壊す。その繰り返しなんだよ」というようなことを言われたことだった。先生は自分にどのようなメッセージを伝えようとされていたのか。短い時間であったが、自分は先生から講義を聞いているのではないかと思ったことがある。

訪中に当たっても奉加帳を持って訪ねると、五〇〇〇円のカンパを下さった。帰国したあともすぐ報告に行った。

後に起こった東大紛争に当たっては渦中の人となられたが、大河内先生と東大紛争の問題点や大学の自治の問題について、もっと腹を割って話し合う機会がなかったか、少し悔いが残っている。

こうして東大自治会中央委員会議長としての忙しい日々が続いた。

全学連をやってくれないかという党中央からの要請

一九六五年一二月頃、党中央の学生対策部の猪熊得郎さんから呼び出しを受けた。久しぶりに代々木の党本部に出向いた。全学連をやってくれないかという話だった。

本当は学問をしたいのだという自分の気持ちを述べると、「本郷に進学しても、君はやっぱりまた学生運動を始めたではないか」と笑って取り合わない。

全寮連の任期が終わる頃も、同じような誘いがあったが、今度こそ学問をするつもりだからと言って断った経緯があった。

それから二か月間ほど、この問題で悩んだ。本郷に進学してからの活動の疲れや、相変わらず学問が出来ないことのストレスも重なって、心身共に不調に陥った。陽風荘に引きこもり、一日中本を読み、また碁ばかり打つ日が続いた。

全学連の専従的な活動を始めれば、学問に集中するような生活は二度と出来なくなる可能性もある。本当に自分は学問に向かないのか、その能力がないのか、何のために苦労して東大に入って来たのだ、というようなことを思い悩みながら、鬱々とした日々を送った。

文学部の佐保勲君が心配して陽風荘を訪ねてきてくれたこともあった。

どのような心理的経過を経て、全学連の活動を受ける気になったかは、いまとなっては思い出せない点もあるが、文学部の自治会室でそこにいた女子学生から、「平田さん、名誉あることじゃない。受けなさいよ」というような励ましの言葉をもらったことも一つの契機となった。

しかし全学連の活動を受けたのは、やはり学問に対する自分の意志が弱かったのが根本の理由だと思う。

父からの手紙

ようやく全学連の活動をする決意をして、そのことを父に手紙を書いて送った。

東大に入学して以来、学生運動にのめり込むような生活をすることになったが、小さい頃から頑張り屋であった自分に対して絶対的な信頼をおいていたのか、父は何も言わなかった。しかし、この時だけは、全学連をやることだけはやめてくれないかという趣旨の手紙を送ってきた。

小学校の教師をしていた父は、その当時子供のことで悩んでいた。

自分のすぐ上の姉は、高校を中退して紡績女工となった。七人の兄弟姉妹で貧乏だった家計を見かねて自らの意志で決断した。その後花嫁移民としてブラジルに渡ったが、農園の経営がうまくいかず、夫の家庭内暴力にも耐えかねてノイローゼ状態になっていることが愛知県庁の海外移民課の担当官の話で分かった。帰国させた方がいいという話を聞き、またそのためには相当の費用も掛かるということも分かり、それをどうするかで悩んでいた。また、地元の高校に通っていた弟が登校拒否になり、引きこもりの状態になっていた。

そんな状態の中で、長男の自分がせっかく東大に合格したのに、その後学生運動にのめり込み全学連までもやるようになることは、父にとっては耐え難いことであったに違いない。保守的な空気が強い地域の中で、「息子が赤になった」というような陰口もたたかれていることも聞いた。

「このままでは家庭は崩壊する」というようなことが几帳面な字で書かれており、父の苦悩が伝わってきた。この父の手紙には心底こたえた。「自分は何をやっているのだ」という思いに苦しんだ。

しかし、悩んだ末に最終的に全学連の活動を引き受けることを自分は決断した。自分がやりたくて全学連を引き受けたのでは決してない。社会的使命感のようなもの、全学連の役員をやってくれという党の要請に忠実にこたえようとする思いが、自分の決断を促したものではないかと思う。

こうして、一九六六年の二月から、当時神田三崎町の民青本部の地下にあった全学連書記局で活動を始めることになった。

塩崎利吉君の死

全学連の書記局に詰め始めた直後、文学部の佐保勲君から緊急連絡が入った。塩崎利吉君の行方が分からなくなっており、自殺の恐れもあるということで、急きょ彼の住んでいた豊島寮に出向いた。

塩崎利吉君は、駒場で一年留年しながら全寮連の書記長を務めたあと、本郷の文学部西洋史学科に進学していた。

事情を聞き、彼が読んでいたという本をめくると、最後の頁の余白に書き込みがあるのに気付いた。そこには「自裁すること。学生服の正装で死ぬこと」などの遺書めいた書き込みがあった。自殺する意志があることが明瞭となり、八方に連絡して彼の行方を捜すとともに、警察に捜索願を出した。

翌二月二六日の朝早く、警察から平塚市の相模川鉄橋の付近で、彼の遺体が見つかったという連絡が入った。

彼がこんな精神的状態にあったことは全然知らなかった。本郷に来てから一〜二度飲んだような記憶があるが、彼の悩みなどは聞いた記憶がない。何よりも私自身が猛烈に忙しく、また自分自身が悩んでいるような状態であった。

塩崎君は文学部の細胞長になっていたが、全寮連時代の活動と、本郷での党活動にはギャップがあったかもしれない。全寮連の活動は自発的な大衆運動で実に楽しかった。彼も生き生きと活動していた。彼は全寮連の時代に共産党に入党し、私が推薦者となった。

彼は学業と活動の両立にも悩んでいた。駒場で一年留年したことを、ご両親に全く知らせていなかったことは後で知った。彼の死後、愛媛県の新居浜市の実家にご両親を訪ねたが、彼のお父さんは金属関係の現場労働者を長くやっておられ、マッチ箱のような社宅に住んでおられた。

塩崎君は新居浜西高校の出身で、当時初めて三名が東大に合格した進学高校であったが、彼が東大に合格したことは、ご両親にとっては天にも昇る大きな喜びであったろうことは、自分の体験からもよく分かる。彼はご両親にどうしても留年のことを言えなかったのだ。そして本郷でもこのままいけば留年することになるだろうという不安が彼の精神を追いつめていったのでないかと思う。また経済的にも困っていたようで、あちこちの友人たちから借金していることも分かった。活動と学業の両立に悩み、またアルバイトで学生生活を成り立たせる苦労もしていた。こうした彼の悩みを当時全く知らず、何の力にもなれなかったことを悔やむ。

葬儀は、友人たちと協力して豊島寮で行った。

駆け付けたご両親の悲しみや、二人のお姉さんの大粒の涙をいまでも忘れることが出来ない。

一周忌に塩崎君のご両親を迎えて（東大豊島寮で）

一番上のお姉さんのご主人が警察官をしておられ、てきぱきと警察関係の処理をしてくださった。

翌年の二月、一周忌にご両親を招いて豊島寮で塩崎君を偲ぶ懇親会を持った。お礼にということで、上野で鍋をご馳走になった。その席には後に政治家となった白川勝彦氏も参加していたが、当時彼は蓄膿症があり、青洟《あおばな》をずるずるさせながら鍋をつついていたのを思い出す。

ご両親は佐保勲君の家に泊まられ、翌日ははとバスで東京見物に案内した。

また、塩崎君が自殺した平塚の現場を訪ね、線香と花を手向けた。ご両親がお経を書いた小石を持ってこられ、酒を注がれた。結婚前の男がなくなった場合、地元ではこうするのだということだった。

彼の命日に現場に行って線香と花を手向けることは、その後も何年かにわたって当時の友人たちと行った。しかし、現場はかなり危ない場所で、塩崎君が飛び込んだという貨物列車がすうっと寄ってくることもあった。それぞれに子どもも生まれ、子どもを連れて行くのはやはり危ないということで、現場に行くのは取りやめとなった。

塩崎君のことでどうしても触れずにはいられないことがある。

新居浜のご両親を訪ねた時のことだ。

お父さんは、耳がほとんど聞こえなくなっていたが、遺品の中から手帳などを取り出し、これはどういう意味なのかといろいろ聞かれた。

そこには、SとかMとか、HとかNとか、LCとかの記号が記されていた。これは当時の活動を意味する記号で、Sは党の細胞のこと、Mは民青のこと、Hとは赤旗の本紙のこと、Nは日曜版のこと、LCは指導部を表す記号であることなどを説明した。

お父さんは大声で何度も聞かれる。耳が聞こえないので、私も大声で話す。マッチ箱のような家なので、話が筒抜けになるのを恐れてお母さんはハラハラされる。構わず何度も大声で聞かれる。自分は感動した。この父親は、自分の息子のこと、自分の息子が東大でどんな学生生活を送り、どんな活動をしたか、そこにどんな意味があったのかを、必死で聞き、自分を納得させようとされているのだ。その姿に感動した。

また、利吉とつきあっていた女性はいなかったか、恋人などはいなかったかなどということも聞かれた。

郵 便 は が き

料金受取人払郵便

神田局
承認

5723

差出有効期間
2021年12月
31日まで

101−8791

507

東京都千代田区西神田
2-5-11出版輸送ビル2F

㈱花 伝 社 行

お名前《ふりがな》 お電話
ご住所（〒　　　　　　） （送り先）

◎新しい読者をご紹介ください。

お名前《ふりがな》 お電話
ご住所（〒　　　　　　） （送り先）

愛読者カード

このたびは小社の本をお買い上げ頂き、ありがとうございます。今後の企画の参考とさせて頂きますのでお手数ですが、ご記入の上お送り下さい。

書 名

本書についてのご感想をお聞かせ下さい。また、今後の出版物についてのご意見などを、お寄せ下さい。

◎購読注文書◎

ご注文日　　年　　月　　日

書　　名	冊　数

代金は本の発送の際、振替用紙を同封いたしますので、それでお支払い下さい。（2冊以上送料無料）

なおご注文は　FAX　03-3239-8272　または
メール　info@kadensha.net
でも受け付けております。

ひとしきりいろいろ質問されたあと、こんな手紙をもらいましたよと一通の手紙を取り出された。手紙の送り主は何も書いてない手紙だった。

そこには「あなたの息子さんは共産党に殺された」と書かれてあった。

この手紙に激しい怒りが沸いてきた。確かに塩崎君は党の活動と学問の両立のことで悩んでいたのは事実だ。自分を追いつめるほどこの問題に悩んでいた。しかし、共産党に殺されたとは何だ。この手紙を書いた人物は自己の共産党に対する反感の情を、ご両親の悲しみにさらに塩を擦り込むことで満足させようとしたのだ。

この卑劣な行為に怒りが沸いてきた。

ご両親を前にして、留年のことを言えなかった彼の苦悩をいまさらながら理解した。

全寮連大会に対する暴力的介入

こうした経過を経て、全学連書記局の活動が始まった。

全学連の機関紙である『祖国と学問のために』を編集したり、都内の大学の自治会室を回ったり、地方大学にオルグに出かけたりする日々が続いた。

多くの大学から書記局で働く活動家が来ていたが、そうしたことは全寮連の活動ですでに経験済であった。

そうした中で、五月に全寮連の第八回大会が開かれた。自分はすでに寮生ではなくなっており全寮連の活動も卒業していたが、この大会に対して「暴力的介入」という事件が発生した。明治大学で開かれていた大会に対して、東京学生会館の寮生を中心とした三派全学連系の学生が会場に押しかけ、壇上を占拠して大会の継続を暴力的に不可能にする事態が起こった。平田の後を受けて委員長を務めていた秋廣道郎君がこうした事態になっても動じずに頑張っていた。秋廣君は伊豆大島の波浮の港の出身であったが、黒潮の流れの中で育っただけあって肝が据わっていると思った。

私も知らせを受けて、全学連事務所から明治大学に出向いたが、入り口で阻止された。全学連対策会議が緊急に開かれ、こうした不当な暴力に対しては正当防衛権を発動し、必要最小限の実力を持って反撃する方針が決められた。都内の大学を中心に防衛隊が組織され、会場に出向き、消火器などを使って入口を突破し、会場を占拠していた暴力学生を排除した。全寮連大会は継続され、全寮連委員長は秋廣道郎君から藤本斉君に引き継がれた。この全寮連大会をめぐる暴力的介入は、その後学生運動において続発することになる暴力事件の走りとなった。

五月祭シンポで、大学の自治をめぐる自主規制路線を批判

一九六二年に提出されようとした大学管理法案は、学生と大学教授会などの強い批判と反対運動によって廃案となっていたが、大学の自治をめぐって依然として政府自民党と大学の間で

綱引きが行われていた。それは大学の自治の中心となっている教授会の権限を縮小し、学長の権限強化と大学の運営に当たる評議会の設置などを通して、文部省による大学の統制を目論むものであった。

こうした動きの中で、大学では「自主規制」路線がひろがった。東大においては、私が学生自治会中央委員会議長であった一九六五年秋に、いわゆる「東大パンフ」と言われた「大学の自治と学生の自治」という文章が発表された。

それによれば、大学の自治は、学問研究が外部の政治的・経済的・社会的・宗教的等の諸勢力のいかなる掣肘《せいちゅう》を受けることなく自由に行われるためのものであり、その中心は教授会等の教員組織が、大学の人事や研究教育内容を自主的に決めることにあるとされた。その一方で、学生側の主張を批判し、大学は外部からの政治的介入を阻止する反面、大学は自ら政治的に行動し、政治的紛争に巻き込まれることのないように厳格に自制する必要があるとした。また、学生の自治は教育の一環としての自治であり、その範囲で認められるとした。

最近の学生運動には憂慮すべき点があり、学生自治会や中央委員会の役員の名簿提出問題や学寮の入寮選考の問題でも大学の立場が十分理解されていないとし、学生は今日大学が文部省の方針に則りその指令にもとづいて学生運動に圧力を加えようとしているなどと主張するが、東大の大学の自治に対する基本的精神はいささかも動揺しておらず全くの杞憂であると断じていた。

この「東大パンフ」に対する批判や反対する動きが強まる中で、一九六六年の五月祭で、大河内総長とこのパンフを執筆したとされる大内力教授を招いて、自治会側のシンポが開かれた。私も参加を要請され、私の後を受けて中央委員会議長となっていた山下俊史君とともにパネラーの一人となった。

全国の大学で引き起こされている状況からすれば、この「東大パンフ」の政府文部省の動きに対する認識は極めて甘いと言わざるを得なく、私も厳しく批判した。学外から参加した方も多くいたがなんとなく白けた空気が流れ、また大河内先生も憮然とした態度を示された。大学の自治と学生の自治についてのやり取りがなかなか噛みあわず、何かもどかしさを感じた。参加者からのアンケートにも「双方が抽象的で分かりにくい」という声もあった。

しかし、この自主規制路線は、やがて勃発した東大紛争の中で破綻することになる。

全学連委員長となる

全学連再建以来、委員長を務めていた川上徹氏が大学を卒業することになり、次の大会で役員が決まるまで、副委員長をやっていた一橋大学出身の梓澤和幸君が委員長代行を務めることになった。

全学連での活動を要請された時も、副委員長か書記長をやってくれないかという話であり、自分もそう思っていた。次期委員長は梓澤氏が委員長に昇格して引き続きやると思っていたが、だんだん平田が委員長をやれというような雲行きになってきた。

正直自分は動揺した。もし最初から、川上徹氏の後を受けて委員長をやれということであったならば、自分は断ったと思う。

川上徹氏は、平民学連結成の頃から全学連再建のための活動を続けてきており、その象徴的存在であった。彼は弁舌も爽やかで背も高く容姿も堂々としており、学生運動にうってつけの人物であった。彼が委員長に就任することは、誰しも当然のこととして受けとめた。

しかし自分は、確かに全寮連の活動や東大学生自治会中央委員会議長としての活動、第一回日中青年交流会での団長などの実績はあるが、全学連の全国的闘争を引っ張るだけの経験や実績は欠いており、実力不足は明らかだと思われた。

委員長就任を辞退しようかと迷ったが、結局押し切られた。全学連委員長は東大から出すというような党中央の方針があったかも知れない。梓澤氏は全学連を辞めた後、司法試験の勉強に集中して合格し弁護士となった。

後で知ったことであったが、全学連の三役は共産党幹部会の承認事項であった。全学連の中心的役員は共産党中央が決めていたのだ。そういえば、全学連の活動をやってくれないかという説得は、川上徹氏などの全学連幹部からではなく、共産党の学生対策部から先にあったのだ。

こうした中で、赤旗で「学生党員はもっと勉強しよう」という論文が突然発表された。それと同趣旨の「主張」が赤旗に掲載された。これを読んで自分は激怒した。

学生が勉強することは当たり前のことだ。自分も何度も学問をしたい旨の要望を出したが、党はそれを聞き入れず、次から次へと任務を与えてきたのではなかったか。自分だけでなく、多くの学生活動家が活動と学問の両立に悩みながら、それでも活動を続けているのではないか。東京の大学でも地方の大学でも、何年も留年しながら頑張っている活動家を何人も見ている。塩崎利吉君も学問と活動の両立に悩み、自らを追いつめた。

党がやらねばならないことは、学生党員の勉学を配慮し、党の各級機関に学問と活動の両立のための具体的手立てであるいは指導方針を講ずることではないのか。

今度の全学連の仕事も、学問をしたいという自分の思いを抑え、父母の心配や希望を無視し、党の任務としてやろうとしているのではないか。

こうした事情を一切無視して、したり顔で「学生党員はもっと勉強しよう」というような一般論をなぜいま掲げる必要があるのか、と学生対策部長の広谷俊二氏に詰め寄った。広谷氏は「まあ、平田そんなに怒るな」となだめながら、この論文が出る契機となった驚くべき内幕を話してくれた。

それによると、ある著名なマルクス主義経済学者の女房が共産党本部に乗り込んできたという。「自分の息子がせっかく東大に入ったのに、全然勉強もしないで活動ばかりしている」ということで、怒鳴り込んできたことが契機となったという。

全学連 17 回大会　平田勝が委員長に選ばれる

この内幕を聞いて、驚くというよりあきれた。

共産党はどうしてこのように上流階級に弱いのか、我々下層の活動家は、結局のところ使い捨てなのか、というような疑念が初めて生じた。全国の大学で日夜奮闘していた学生運動の活動家たちは、この論文や主張をどのように受けとめたであろうか。

しかし、全学連委員長を引き受けることは、いまさらどうすることも出来なかった。一旦引き受けた以上、最後までやり遂げようと決意を固めた。

こうして、一九六六年七月に東京教育大学で行われた全学連第一七回大会で、平田が委員長に選ばれた。

平田が委員長に就任したことは、多くの学生運動の活動家たちにとっては唐突のことであったに違いない。東大の活動家の間でも、平田が党中央からの要請を受けていたことを知っていたごく少数の者を除いては、やはり突然のことのように受け止められたように思う。ましてや公安当局にとってもノーマークで突然のことであったに違いない。

この「代々木系全学連」の動向を報じた『朝日ジャーナル』誌上で「中国の文化大革命をめぐって全学連内部で中国派と自主独立路線の党本部との対立が生じ、中立派の平田が委員長になった」とする記事が掲載された。もちろんこうした事実は全くなく、しかもこの記事は『公安情報』の丸写しであることが後に判明した。編集部に何度か抗議に出向いたが、記者が自ら取材して書いた記事ではなく、公安情報の丸写しであることも隠し通せることではなく、編集長自らがこれを認め、朝日ジャーナル誌上で正式に謝罪してケリがついた。

ところがこの記事を読んだ友人の多くは、自分がいくら否定しても、朝日ジャーナルが謝罪した事を説明しても、さもありなんというような反応だ。平田ならそういうことは有りうるという。自分の万事折衷的な性格がそう思わせたと思うが、たとえデマであっても一旦出た活字の影響力の凄さをこの時痛感した。

原水禁大会に参加

委員長になってすぐに、原水禁大会に全学連を代表して参加した。

日本の学生運動は、原水爆に反対し平和を求める運動に関して、ストックホルム宣言から始まって一貫して長い伝統を持っていた。その年の原水禁大会に向けて各大学や地域で署名やカンパを集めて参加した。

東京での世界会議に向けて宿舎に泊まり込んだが、そこには様々な民主団体の代表が集まっていた。そこで存在感のある人物にも沢山出会ったが、その中には、「私は全学連の活動などというものは全然信用していない」と私に面と向かって言う人物にも出会った。原水協の中心にいた法政大学の田沼肇教授だった。この教授は、全学連が結成された当時の学生であったが、全学連の抗争や安保闘争前後の全学連の分裂など、全学連の活動家の有様を見て来られた上でこのような発言をされたとは思うが、それにしても、全学連を再建し、原水禁運動にも地道な活動を積み上げてきた学生を前にして、突き放すようなこのようなきつい物言いをされるのに正直驚いた。

広島での世界大会にも現地に赴いた。ソ連の核実験をめぐって原水禁大会が分裂した直後であり、共産党の多くの主要幹部が広島にも乗り込んで来ていたが、そこでの共産党対策会議で、米原昶、西沢富夫、下司順吉などの共産党幹部の発言を興味深く聞いた。

宿舎では、民青同盟委員長の吉村金之助氏と同じ部屋だった。吉村氏とは日中青年交流会に一緒に行った中で、顔見知りだった。吉村氏とは、夜遅くまで話し込んだ。

彼は被差別部落の出身で、若い頃はグレたような生活をおくったこと、共産党に入って活動をするようになり初めて人生が変わったこと、後に共産党書記局次長となった金子満広氏とは、一緒に夜遅く活動から帰宅する時に、革命歌「インターナショナル」を歌いながら、自転車に相乗りで帰った仲であることなどを語ってくれた。平田に対しては「東大に受かった」ということだけでいいという。また、彼の連れ合いは「恋愛」などという高尚なものではなく、ダンスホールで知り合った仲であるという。こうした初めて聞く話を感激しながら聞いた。

二人でウイスキーの瓶を一本空け、それでも足りずに、同部屋で寝ていたある民主団体の幹部の枕元にあったサントリーの小瓶まで飲んでしまった。この幹部はアル中で朝起きると小瓶を口にするのが常であったが、翌朝起きると空になっていると騒ぎだしどやされた。

吉村金之助氏は、その後発生した新日和見主義事件の時にも民青委員長を務めていた。民青内部で新日和見主義事件が発生し、大量の幹部が処分されるのを、彼はどのような思いで見ていたであろうか。その後、彼は若くして病死した。

学生たちの歌声

当時はベトナム反戦の闘いが中心的な課題であり、全国的に高揚した闘いが展開されていた。「反代々木系」といわれた三派全学連がマスコミでは大きく報道され、彼らが学生運動の中心的な存在であるかのように報道されていたが、実際には「代々木系」と言われていた我々が全国の自治会の七割を占め、大学を基盤とする地道な運動を展開していた。

三派全学連は、いまから思うとマスコミ時代の学生運動の先駆け的な面があり、いかにマスコミに取り上げられるか、そのための派手なパフォーマンス、耳目衝動的な行動をいかにやるかということに最大の関心があり、また長けていたと思う。

三派系全学連の一つ、ブント系全学連委員長であった藤本敏夫は、後に連れ合いとなった歌手・加藤登紀子の手記によると、自治会室に毎日クリーニング屋を呼んでいたという。今日は何色のワイシャツを着てアジ演説をやるかというようなことであったらしい。彼は芦屋のボンボン出身で金もあったと思うが、そうしたパフォーマンスにも長けていたということであろう。それに比べて、委員長の平田を見ればわかるように、我々の運動は総じて地味な活動であった。

しかし、「代々木系」は各大学で圧倒的な活動を展開し、ベトナム反戦の「全学連集会」では一万人の学生が日比谷野外音楽堂を埋め尽くし、明治公園で開催された一〇・二一反戦デーの一〇万人の全国集会に合流した。この全国集会で平田は、共産党の野坂参三議長らと並んで壇上に登り、全学連を代表して演説を行い、全国の学生たちの闘いを報告するとともに、ベトナム人民と連帯して闘う決意を表明した。ベトナム反戦の闘いは全学連委員長時代の最大の誇りに思っている。この一〇・二一反戦集会はその後も毎年開催されるようになった。

当時、学生運動の集会やデモなどでよく歌った歌に、「国際学連の歌」がある。

学生の歌声に
若き友よ手をのべよ
輝く太陽　青空を　再び戦火で乱すな

国際学連大会に出発する亘理書記長を見送る（左：亘理純一、右：平田勝　羽田空港で）

我等の友情は　原爆あるもたたれず
闘志は火と燃え
平和のために　戦わん
団結かたく　我が行く手を守れ

東大音感合唱団の訳詞になるこの歌を、学生たちとスクラムを組んで何度歌ったであろうか。学生運動への思いはこの歌にすべて込められている。

戦後学生運動においては、大学自治と学問の自由を守る戦いはもちろん、平和と民主主義の旗を掲げ、国民の闘いがあるところにはいつも全学連の旗がたなびいていたのだ。

党の任務として引き受けた全学連の活動であったが、さまざまな大学を訪れて演説したり、全学連の統一行動でデモを行ったり、民主団体の集会で挨拶したり、キューバ青年代表団を迎えての歓迎集会を行ったり、在日朝鮮学生たちとの友好連帯の集会を行ったり、朝鮮大学校に呼ばれて講演などを行った。

忙しい毎日であったが充実した日々であり、伝統ある日本の学生運動の一端を自分も担っているという誇りを感ずることもしばしばあった。

中国文革に対する特別講座

同年の暮れに、伊豆の共産党学習会館で民青と全学連の幹部を集めて、中国で始まった文化大革命に関する党の特別講座が開かれ、私も参加を要請された。

文化大革命をどう見るか、全学連や民青の幹部の動揺を防ぐための特別講座であったと思うが、一年前に文革直前の中国を訪問したばかりで興味深い講座であった。

そこで感じたのは、共産党は文革に対して、かなりはっきりとした情報と認識を持っているということだった。それは、文革は毛沢東の奪権闘争であり、紅衛兵を動員して、外から共産党を破壊し、これまでの指導部をすべて実権派として排除するための運動であり、名称にあるように文化を改革しようとするようなものではさらさらないという、いささかも甘さのない厳しい認識に立ったものであった。

別に違和感はなかった。自分もそのように思っていたし、自分の認識に確信を持った。

また、この特別講座に参加した時、訪中の報告に党中央に行った時に、毛沢東や周恩来にも会いいささか興奮気味であった我々に対して、日本共産党中央の態度は少し覚めた冷たいもの

京都で開かれた全学連 18 回大会

であったことを思い出した。

任期を全うする

こうした日々を送っていた時、また件の学者の女房が党に押しかけてきた。

自分の息子が勉強しないで活動ばかりしていると言っていたのに、今度は、自分の息子を全学連の役員にせよと言って党本部に押しかけてきたというのだ。学生運動が活発であった当時にあっては、全学連が格好の良いものと映っていたに違いない。

学生対策部長の広谷氏が、平田に何とかならないかという。

この話を聞いて、何かが切れたような感じがした。自分の愚かさも十分に分かった。

もう二度と共産党の言いなりになる事はやめる。全学連の残りの任務を果たした後は、もう遅いかも知れないが、今度こそ学問をするのだ、少なくとも卒業するための単位だけは何としても取ろうと決意した。

もう一期全学連委員長をやってくれないかという話もあったが、今度はきっぱりと断った。

一九六七年七月に京都で開催された全学連の一八回大会で委員長を辞任した。

短い一年であったが、ともかくも任務を全う出来たことに誇りと達成感を感じた。

大会最終日は、丁度祇園祭りの日であった。大会終了後、繰り広げられる山車を見物する大勢の人々と、京都の夜に酔いしれた。

こうして、私の全学連時代が終わった。

全学連から新日本出版社へ

全学連の任務が終わった後、これからどうするかをいろいろ考えていた。東大に戻ればまた活動に引っ張りだされるのは明らかだ。東大の党の責任者をやっていた志村徹麿君からも、いつ帰ってくるのか、党の転籍手続きはいつになるのだと盛んに言ってくる。

いまから学問をするのはもう遅いかも知れないが、このまま東大に戻れば卒業のための勉強なども到底出来ない。いろいろ思い悩んでいたが、いずれにしても、生活のためのアルバイトを探すことが先決だと思っていた。

その時、共産党学生対策部長の広谷俊二氏から耳よりの話が持ち込まれてきた。

新日本出版社が人を求めている。卒業のための授業には出ても良い、給料も一人前に出す、その代わり卒業したら新日本出版社で引き続き仕事をやることを約束する、ということだった。こんないい話はないと思い即座に承諾する返事をした。

両親にもさっそくこの話を伝えると、大変な喜びようであった。東大には入ったが、全学連などもやり留年続きで、もう就職などは出来ないと思っていたのだ。

新日本出版社は、共産党の直属の出版社のような存在であり、当時三〇名ほどの社員がいた。東大の顔見知りの活動家であった者を始め、若いスタッフが集まり活気に満ちた雰囲気にあふれていた。挨拶に党本部に出向いた際、共産党出版局長の成田俐さんから「一緒にやりましょう」と言われたことが、いまでも強く印象に残っている。

半学半労の生活

こうして半分学生、半分勤労者のような新しい生活が始まった。

卒業のための授業に出ても良いという約束は、しばらくは保証されたが、給料は一人前出すという約束は初めからホゴにされ、卒業するまではアルバイト扱いとなった。

しかし、そんなことは気にならなかった。東大に入学してから初めてまともに授業に出られるようになったこと、少ないながらも安定した給料がもらえるようになったこと、何よりも出版の編集という知的な仕事は刺激に満ちていた。

若いスタッフとの活発な論議や付き合いも楽しかった。

編集の最初の仕事は、川上徹氏と山科三郎氏の編になる『トロツキズム』という本であったが、これまでの学生運動で直面してきた問題でもあり、すぐ本になった。この本は版を重ねた。

こうして始まった編集者としての活動であったが、三か月たった頃、突然、新日本出版社で計画していた『宮本百合子選集』(1968-1969) 全12巻を担当するようにとの指示があった。

これには少し戸惑った。宮本百合子の作品はある程度読んでいたし、こうした仕事に携われることは大きなやりがいのあることだと思ったが、『選集』の仕事となれば、アルバイト気分では到底出来ない。授業に出ることと両立出来るだろうかとの不安がよぎった。

後でこの不安は現実のものとなった。

しかし、この頃は編集という仕事に携わったせいか、何が何でも卒業するのだというような意識も次第に薄れ、たとえ卒業出来なくとも編集の仕事を通して勉強していけばいいのではないかというような気持ちにもなっていた。

母から「仕事をしながら勉強していけば」という言葉をかけてもらった。母は学問はなかったが、息子の気持ちはよく分かっているなと感じた。

相良亨先生の講義

新日本出版社に勤めながら授業に出ることになったが、文学部の講義一覧を眺めていて、

「日本倫理思想史」という講義がありそこで「福沢諭吉論」をやっていることに目が行った。当時「日本の思想」ということにも関心があり、またこの講義は特別演習の「特別レポート」で卒論に代えることが出来ることも分かった。そこで途中から講義届を出し、授業に出ることの承諾を得た。

担当の相良亨先生は、和辻哲郎先生の助手を経て、茨城大学から東大に来られたばかりの助教授で張り切っておられた。この講義は実に楽しかった。福沢諭吉全集を読破したい気持ちに駆られたが、その余裕はなかった。

特別演習の参加者は、時々先生に特別レポートを提出しなければならなかったが、ある時、先生から自宅にくるように言われた。

板橋区大山にあった先生の自宅を訪ねると、二階に案内された。畳の上におかれた大きなテーブルの前に座ると、先生は自分が提出したレポートを前にして「君は歳を食っているだけあって論旨明快で面白い」と言われた。自分のレポートにところどころ赤線が引いてあり、「歴史観の欠如」という箇所に特に太い赤線が引いてあった。

福沢諭吉に関してはいろいろな面で面白かったが、特に天皇制に関する論が面白かった。また、当時の自分は、福沢諭吉には一貫した歴史観、価値観などというものはなく、時々の状況にどう対応していくか、だけの思想家・評論家であり、それはとりもなおさず、明治維新や日本の近代史そのものがそうしたものではなかったか、というような問題意識を持っていたので、それをレポートにまとめたものだった。

この先生の自宅を訪ねた時の記憶は、自分の鮮明な記憶として残っている。

後日談になるが、後に花伝社を創立し先生の本『日本人の心と出会う』を出版させていただくことになり、打ち合わせのためにご自宅に伺い、同じ二階のテーブルに座った時、先生が「あの時君はそこに座っていた」と話されびっくりした。あの時から二〇年ほど経っていたが、先生の記憶にも残っていたのだ。

ほんのちょっとの間講義に出させてもらっただけであったが、相良先生との関係は、その後勃発した東大紛争をめぐっても続くことになる。

新日本出版社の仕事は段々と忙しくなり、また、卒業のためには相当な単位が残っており、またもや留年となった。とうとう東大も八年目を迎えることになった。

相良先生の授業も欠席しがちになり、卒業するなど到底無理ではないかと思い始めていた。

そこに東大紛争が勃発した。

第4章

東大紛争——1968年～1969年

東大紛争の勃発

一九六八年に東大紛争が勃発した。その頃は八年目の学生であったが、自分にとって学生運動はもう終わったということで、学生自治会活動や紛争には直接タッチしていなかった。新日本出版社で編集業務に携わりながら、刻々と変化する東大紛争の成り行きをやきもきしながら眺めていた。

東大医学部自治会は一月から登録医制度反対、卒後研修問題で無期限ストライキに突入していたが、その過程で発生した医局長軟禁事件をめぐり、現場にいなかった学生を含めて大量処分が発表され、紛争は次第に拡大した。東大で全共闘が結成され、彼らは六月一五日の未明に総長室があった安田講堂を実力で占拠した。

東大当局は、六月一七日、機動隊を導入してこれを排除した。紛争は一気に拡大し、六月二〇日にはこれに抗議する一万人の全東大集会が安田講堂前で行われた。全共闘は、七月二日、再び安田講堂を占拠した。

当時、民青系が一〇学部のうち医学部、文学部を除く八学部の自治会の執行部を占めていたが、九月から一〇月にかけてストライキが次々と決議され、執行部が全共闘側にひっくり返った。

バリケード封鎖も次々と決行され、また民青系の学生に対する全共闘の暴力も次第にエスカレートし始めていた。東大闘争は全体として全共闘に押され気味になっていた。

機動隊導入に抗議して開かれた、安田講堂前の１万人の集会
（1968 年 6 月 20 日）

　こうした中で民青系の運動の立て直しは必至となり、当時共産党東京都委員会にいた金子博君が現地指導に投入された。金子博君は私の一年後輩で、駒場寮中国研究会で同室だった。学生運動をともにやり、都学連書記長を務めた。彼の指導によって、全共闘と明確に闘う戦闘態勢が整えられ、全共闘の七項目の要求に対して、四項目の要求を掲げるとともに、教授会に対しても闘う方針を明確にし、全共闘の暴力に対しても反撃し始めていた。

　九月の初め、全共闘は東大病院を実力で封鎖しようとする行動を起こした。これに対して、民青系は初めて黄色いヘルメットをかぶり、正当防衛権の発動として実力行使で封鎖を阻止した。

　一一月一日、大河内総長は、医学部処分の取り消しと被処分者への謝罪、機動隊導入の自己批判を内容とする全学生に対する手紙を発表するとともに総長を辞任した。総長辞任を受けて新執行部が選出され、加藤一郎教授が総長代行に選ばれた。

　こうした動きの中で、一一月四日から文学部では学部長の林健太郎教授を閉じ込めるいわゆるカンヅメ団交事件が起こった。文学部の新執行部選出のための教授会が秘密裏に開かれていた時、学生との話し合いを求めて民青系の学生がドアを破って教授会になだれ込んだことが事件の発端となり、あとから駆けつけた革マル系執行部がカンヅメ団交に及んだ。

　カンヅメ団交が長時間に及ぶに至って、機動隊を導入して林健太郎教授らを救出しようとする動きも強まった。

こうした緊迫した状況の中で、一一月一一日付の赤旗紙上で、当時共産党青年学生対策副部長の「土屋談話」が発表された。それによれば、民青系も全共闘と過激性を競っている傾向があるとして、運動の軌道修正を求めるものであった。東大の現地では、共産党員や民青同盟員に対してその方針の徹底が行われた。金子博君も現地指導を解任された。

こうした中で、運動の立て直しのための一環として、私にも動員がかかってきた。

党中央からの要請

新日本出版社にいて紛争の行方を眺めているだけではとうとう我慢しきれなくなり、紛争の現場を見てみようと思い、一一月一二日の夕方、東大本郷のキャンパスに出向いた。その日は、全共闘が図書館封鎖を決行しようとしていた。民青系が封鎖に対抗して実力で立ちむかい、大勢の一般学生も集まっていた。あちこちで全共闘との小競り合い、揉み合いが起こり、一般学生が全共闘のヘルメットをはぎ取って地面にたたきつける姿も目にした。紛争の現場に入ったという実感に包まれた。

そうこうしている中で、党本部から突然呼び出しを受けた。東大の状況、特に文学部の状況が思わしくない。しばらく現地に指導に行ってくれないかということであった。

それはいいとして、新日本出版社の仕事はどうするか、その間の生活保障はどうなるかを聞いたところ、仕事の方は新日本出版社と話を付ける、その間の給料もいままで通り支給させるという。自分は現地指導に行くことを直ちに承諾した。

私は初めて、生活のことを心配しないで学生運動に没頭することになった。

一一月二〇日頃、さっそく東大赤門近くにあった共産党東大細胞のアジトを訪れた。文学部の党の責任者にも引き合わされた。

文学部の状況を聞くと、いつの間にか文学部は革マルが大きな勢力を張り、その周りにストライキ実行委員会（スト実）が圧倒的な多数を占め、民青系はシンパを合わせて八〇名ぐらいの勢力で、孤立していることがわかった。

学生大会をやると、二五〇～三〇〇対八〇～一二〇ぐらいで圧倒的な差があるという。

文学部は無期限ストライキを続行中であったが、その解決は容易ではないことを覚悟した。

東大のOB活動家を総動員するということであったが、現地に出向いたのは、当時民青中央の専従を務めていた川上徹氏と、平田、川村俊夫氏（憲法会議事務局長）、農学部卒業生の平山基生氏の四人だけであった。

東大の党の指導は共産党東京都委員会から小宮研二氏が張り付いており、川上氏と小宮氏が随時協議して指導を行っていた。党中央からは、岡崎万寿秀氏と宮本忠人氏が来ていた。青年学生対策部からは部長の広谷俊二氏、副部長の土屋善夫氏、板上屋清氏らが詰めていた。

これらの者で共産党現地指導部が構成され、東大前にあった二木旅館の一室を陣取って、東大闘争の現地指導体制が敷かれていることがわかった。

さらに、宮本顕治書記長の秘書を務めていた宇野三郎氏と小林栄三氏の二人が、現地指導部にしょっちゅう顔を出していた。

私の任務は主として文学部対策にあったが、共産党の現地指導部にも加わり、時々全学的な問題にも関わった。

林健太郎学部長の自宅を訪ねる

さっそく文学部の解決に向けての活動を始めた。まず状況を正確につかむことが先決だと思った。

文学部の活動家のたまり場は教育学部の一教室にあったが、そこに出向いた。丁度その時、不安げな表情をした一人の学生が「民青の意見を聞きたい」と言って顔を出した。社会学科の鵜飼康彦君であった。彼とはその後文学部の解決まで、ずっと付き合うことになる。

さっそく彼を喫茶店に誘い状況を聞いた。社会学科はマスコミなどに就職するものが多く、法学部と同じく、現実的に物事を考える傾向が強かった。彼の話によれば、このままストライキが続くと卒業が危なくなる。卒業出来なければ就職（内定）もダメになる。なんとかしたいということで、全共闘の無期限ストライキに反対する一般学生の幾つかのグループが出来、有志連合のようなものを作っており、明日御茶ノ水の喫茶店で会合が予定されているという。私もその会合に参加させてくれないかと申し込むと、何人かに電話で相談した上で承諾してくれた。

会合には六つのグループの代表が来ていたが、そこには読売新聞社に入社し、後に読売巨人軍の社長となった桃井恒和君も来ていた。私は全学連委員長をやったが、それほど有名人ではなかったし、学生運動に関心がなかった彼らからすれば無名の存在であり、少し歳を食っている学生という認識であったと思う。以後、私は有志連合の一員としても動くことになる。彼らは近く林健太郎教授の自宅に伺うことになっているという。自分もそこに加えてもらうことにした。

善福寺にあった林健太郎学部長の自宅を七〜八名の学生と一緒に訪問した。

林先生は上機嫌で学生たちを迎え、一般学生ばかりと思ったのか、実に率直に解決の展望を語った。東大全体が加藤執行部の発足で解決に向かっている。文学部もストライキさえ中止すれば学生との対話も可能になり、文学部の処分問題も解決出来るというような趣旨であったと思う。

翌日、単独での会見を申し込んだ。自分が共産党の任務を帯びて解決のために文学部に来ていることも率直に話した。林健太郎先生は、会うとすぐに「参った、参った」と言われた。

私は、先の林先生の話を受けて、どうやってストライキを中止するかが問題だ、学生たちがストライキを中止するには、納得するそれなりの大義名分が必要であること、文学部の革マルヤスト実の影響力は圧倒的であり、自分は昨日一緒に来た一般学生らとともに学生の多数派を結集出来るように頑張るつもりであること、教授会も頑固な態度を改め、処分問題も含めてもう少し柔軟な対応が必要ではないか、というような趣旨を述べた。

林先生は「君の考えはよく分かった」と言われた。


林健太郎教授の自宅を訪ねた直後に、共産党本部から宮本顕治書記長のもとに至急報告に来るようにとの連絡が入った。党本部に出向くと、書記長室に呼ばれた。

宮本書記長とは、全学連委員長に就任した時と辞任した時に党本部に挨拶に出向いた時に会ったことはあるが、こうした形で直接面会するのは初めてであり、書記長室に入るのも初めてであった。

学生対策部長の広谷俊二氏と一緒であったが、入るなりいきなり広谷氏に対して「君たちはテープレコーダーでも持っていないと正確な報告は出来ないのか」と怒鳴りつけた。

宮本書記長が私を呼び付けたのは、林健太郎先生と私が会ったことの詳細を直接聞くためであった。彼がどのようなことを述べたか、紛争解決の展望をどのように描いているかを知るためであった。

宮本書記長とはその後もしばしば会うことになるが、細かい情報やビラ一枚に至るまで知っていることに驚いた。私の書いたアジビラも読んでおり「あれはなかなかよく書けている」など言われたこともある。彼の秘書たちがそうした詳細な情報をあげていたということであろうか。

東大全学では、加藤一郎執行部に対して確認書を締結する予備折衝《せっしょう》の動きも始まっていたが、文学部は依然として膠着《こうちゃく》状態が続いていた。

そこで、有志連合の学生たちと一緒に、紛争解決とストライキの解除に向けての学生大会の開催を自治会執行部に求める署名活動を始め、二三四名の署名を集めるところまで行ったが、革マル執行部が、一二月一二日に学生大会を突然開催した。

そこでは、スト実の無期限ストライキ続行の方針が、賛成三一五：反対二〇一：保留二九の圧倒的多数で可決された。まだまだ我々の無力を痛感した。

ストライキといっても学生大会で可決するだけであとは大半の学生は大学に登校せずに自宅で何もしないで寝ているだけの、いわゆる「ネトライキ」となるだけだ。ストライキそのものが自己目的となっているだけで、何ら解決の展望を切り開くのではなかった。

文学部における紛争は依然として膠着状態のまま、年を越すことになった。

確認書の批准と安田講堂の攻防戦

年末にはいつも郷里に帰っていたが、初めて東京で正月を迎えることになった。

このまま解決されなければ、大量の留年発生が大きな問題となり、政府自民党が東大入試中止を言いはじめその圧力も段々と強くなってきた。

確認書締結に至る過程では、大学当局との、幾度かの予備折衝が行われたが、その会場が事前に知られると全共闘の襲撃対象となるので、私にも会場探しをしてくれないかという要請が党の現地対策本部からあった。新日本出版社の編集活動で知り合った東大構内に近い谷中の寺の住職を知っていたので、そのことを相談に行ったが、お寺で流血事件などを起こしてもらっては困るということで、あっさりと断られた。

残された時間は刻々と迫っていたが、一月一〇日、秩父宮ラクビー場で七学部の学生代表団と加藤執行部の大衆団交が、教官一五〇〇名を含めた九〇〇〇名の参加で開かれた。そこで、一〇項目の確認書が交わされ、紛争は一挙に解決に向かうことになった。

確認書では、紛争の発端となった医学部での学生の大量処分を撤回し、機動隊の導入も誤りであったことが確認された。従来の例で言えば東大紛争に関しても大量の処分が出ることが予想されたが、処分の根拠となっていた矢内原三原則や学部共通細則が撤廃され、追加処分はしないことが確認された。文学部の処分問題に関しては、再検討することが確約され、カンヅメ団交に対する処分も新たな処分制度のもとで取り上げることとされ、事実上お咎めなしとなった。

こうした運動の成果の上に各学部自治会で確認書が批准され、スト解除、バリケード撤去が急きょ進んだ。

他方で、全学から孤立した全共闘は、「確認書破棄」「東大入試中止」を唱えて安田講堂占拠を続け、さらに全国動員をかけてこれを死守しようとした。安田講堂のバリケードをより強固にし、大量の鉄パイプや石、火炎ビンなどを持ち込んだ。ニトログリセリンやダイナマイトが持ち込まれたとの報道もマスコミから流され、また「赤門焼き討ち」の噂もあった。

ここに至って東大当局は、機動隊導入を決意し、その要請によって一月一八日早朝から重装備した機動隊による封鎖解除がなされるに至った。ヘリコプターが飛び交い、大量の放水がなされ、催涙ガス弾が発射された。

こうした派手な〝安田講堂攻防戦〟は、一日中テレビで放映され、全国民が目の当たりにすることとなった。東大紛争といえば〝安田講堂攻防戦〟というイメージは、こうして国民に強く植え付けられることになった。

しかし、これまで述べたように、東大紛争の経過から見れば、この〝安田講堂攻防戦〟は東大紛争の本筋と解決する道からは大きくズレた、一部の孤立した学生の動きであり、大学への権力の介入を許しただけの妄動であったといえよう。

一月一八日の〝安田講堂攻防戦〟で、機動隊が導入されることが明確になった時、私は二木旅館にあった共産党の現地対策本部と東大各部の連絡中継基地として、教育学部の五十嵐顕教授の研究室を借りてそこに陣取り、連絡役となった。

機動隊導入を前にして、我々はすべて東大構内から撤退することになった。それを前にして夜遅く五十嵐先生が顔を出された。先生はこの教育学部の建物に唯一人で残られるという。「僕は軍隊の経験があるので、こんなことは何でもない」と言われた。

私も、研究室を後にして二木旅館に引き上げた。

翌日の早朝から二木旅館のテレビで安田講堂攻防戦を見ることになる。旅館の外に出ると、催涙ガスと思われるものが、かすかに臭ってくる。正門に近づいて構内を見ると、八五〇〇名の機動隊が学内を占拠する姿が見え、全共闘がこうした事態を招いたとはいえ、何か叫びたい衝動に駆られた。

文学部学生大会の開催を求めて

確認書が締結されたので、医学部と文学部を除いた本郷の各学部での紛争は、急速に収拾に向かった。三月の卒業に向けて、各学部では期末試験がレポート提出に切り替えられ、学生たちはそのための準備に忙しかった。

ところが文学部は依然として解決の見通しが全く立たない。

卒業が出来なくなるといった事態になると、学生たちにはいろいろな動きが出てくる。その動きに乗って解決の糸口を探ることも出来る。しかし文学部の学生たちは、自分たちの論理が正しいと思えば死んでもその論理を変えない、打算で動くようなことはしないという雰囲気を持った学生が多かった。また教授たちにも、自分たちの論理と学生たちの論理とどちらが正しいかが問題であり、学生たちと安易な妥協は絶対にしないというような雰囲気があった。紛争はデッドロックに乗り上げたような状態で全く動かない。ドロ沼のような状態になり何の展望も生みだされなかった。

党から文学部に行くように要請された時は、長くても一〜二か月の間だと思っていた。党本部に相談に行くと引き続き文学部の指導に当たってくれということだった。

そこで今後どうするか、どうしたらいいいかをじっくりと考えた。

まず、確認書が締結されたという新しい条件が生まれている。文学部においては確認書を締結していないが、確認書を前提に解決の糸口を探ること。

次に、文学部の処分問題という厄介な問題を解決する方向を探ること。

そして、何といっても我々が学生の中で圧倒的な多数派を形成すること。文学部の建物の中でゲバが起こった時、偶然に文学部スト実（ストライキ実行委員会）の組織名簿を手に入れた。いずれかのセクトが作成した物だろう。それによれば、革共同（革マルの党組織）だけで二〇数名、各セクトの組織メンバーを合計すると約一〇〇名、これらを合わせてスト実の活動家が一五〇名近くいることが分かった。これを覆すのは容易なことではなく、結局文学部に籍を置く七〇〇名全員を対象にした活動が必要であり、有志連合の学生たちと協力して多数派になるよりほかない。また、学生の中で多数派になっただけでは紛争は解決しない。文学部の教授会がどのような状況にあるかを知り、また教授会も納得する解決の方向を打ち出すことが必要だ。こんなことをいろいろ考えながら策を練った。

ここからが、「東大八年生」としての自分の出番であったということかも知れない。

まずやり始めたのは、七〇〇名の文学部全学生を対象に、紛争解決ストライキ解除のための学生大会を開催する署名を集めることだった。「ネトライキ」を決め込んでいる学生は勿論のこと、住所が不明な者には学生の郷里まで出かけたこともあった。郷里のご両親も行方を知らず、分かったら教えて欲しいと逆に頼まれたりすることもあった。病気で入院している者や精神を病んでいる学生なども全体の一割近くもいることも分かった。

学生の多数を獲得するために、一人一人の学生と連絡をとり対話と説得を続け、文学部の地をはうような地道な活動を活動家たちが手分けして続けた。

また有志連合の学生たちとの協同と信頼関係を作り上げるための活動も続けた。彼らから学んだことも多い。民青系のビラはステレオタイプが多い、と耳の痛い点を突かれたりして、彼らの感覚に学ぶことも多かった。

民青系の活動家たちは、孤立気味の中でも頑張っていたが、これまでのように同じグループだけでまとまっていたのと違い、考えが全く違う有志連合の学生たちとの交流が深まるとともに、新しいエネルギーを得て活性化し元気になっていくように思われた。

一方で、教授会の状態を知り、教授会に働きかける活動も続けた。教授たちがこの紛争をどう見ているか、またどのような解決の見通しを持っているかを探った。この点では、相良亨先生と文学部事務長の尾崎盛光さんの協力が大きかった。

文学部教授会の政治地図が大体分かってきた。全共闘に融和的なハト派と呼ばれた西洋史の堀米庸三先生や中国文学の藤堂明保先生などがごく少数の一部をなし、また中国哲学の宇野精一先生らの右翼的な先生が別の一部を構成し、林健太郎先生や哲学の岩崎武雄学部長などの保守系現実派が多数を占め文学部の主導権を握っているのが分かった。また、相良先生を始め若手の助教授クラスの何人かが連絡を取り合い、これらの勢力とは相対的に独立して解決策を探っておられることも分かった。

岩崎学部長を補佐していた哲学の山本信助教授やギリシャ哲学の斎藤忍随先生らと会って議論を深めるとともに、可能な限り一人一人先生方と会って話を聞き、解決策を探った。

初台にあった中国哲学の宇野精一先生の自宅にも伺った。今度こそ勉強しますと言いながら舌の根も乾かないうちに約束を反故にして、また学生運動に走ったことをなじられるかと思ったが、「君は顔が利くようだから宜しく頼む」と言われた。相良先生から会えと言われた、若手の助教授の先生方にも何人かお目にかかった。

こうした平田の動きとともに各学科でも学生と教授たちとの話し合いの場が拡がってきた。それは団交といったものではなく、お互いの考えを述べあい、信頼関係を築き、解決の糸口を探るような懇談会、交流会のようなものだった。

ある時、斎藤忍随先生は、「文学部のために平田君は坂本龍馬になって薩長同盟をやってくれないか」と言われた。革マルと民青が手を結んでストライキ解除をやってくれないかということだ。自分は、文学部が泥沼の状態になった時はそういうことをもありうると内心思っていた。山本信先生から、文学部自治会委員長をしていた革マルの加藤君に会ってくれないかと言われ、神保町の山本先生の行きつけのバーで引き合わされた。

加藤君は活動家タイプというよりいたって真面目な学生風の男であったが、原則論を述べるだけで、革マルと民青が手を組んで紛争を解決するというような発想は全く感じられなかった。

こうした動きをする中で、教授会の一部に存在するある強い意識に気が付いた。ストライキはいずれ解除しなければならないが、それは全共闘、革マル執行部に「花を持たせる」形で、彼らのイニシアチブで解除させることであり、民青や共産党のイニシアチブで解決することだけは絶対に許さないというような意識だった。一種の反共意識のようなものであると思ったが、革マル執行部に対しては、刺激しないように彼らにすり寄るかのように気を使っている先生もいた。

その当時共産党の青年学生対策部の責任者は、広谷俊二氏から津金佑近氏に実質的に交代していた。私は、文学部の解決は容易なことではなく、重要なことは節々で必要な報告と指示は受けるが、文学部の指導と方針は基本的に自分に一切を任せて欲しいと津金さんに申し込んだ。

津金さんは太っ腹の人で「宜しい、一切を君に任せる」と言ってくれた。

水面下で解決策を探る

二月になった頃、突然山本信先生からやや興奮気味に連絡があった。「岩崎学部長が今後は君たちを交渉相手として解決策を探る決断をされた」ということだった。革マル執行部を相手にしていては解決出来ない、彼らを見限ったということであったと思う。

岩崎学部長に対して、私は「大衆団交のようなやり方では多分解決策は出ない。まずごく少数の者で解決策を詰めてみませんか」と提案すると、それで良いと言われた。

そこで周到な準備に取り掛かった。文学部学生の大江治一郎君に依頼して、文学部の処分問題、紛争関係の全資料を集めてくれるように依頼した。これを読破して、自分の考えをまとめた。

大体次のようなものであった。まず文学部処分問題に関しては、教官に対してネクタイをつかんだというような暴力行為、侮辱行為は事実としてあったこと、教官もこの侮辱行為に対して感情的になり、また教授会の対応も処分の経過もやや一方的な面があったこと、ネクタイをつかんだということで無期停学処分とは少し処分が重すぎるのではないかということ。また暴力行為を働いた学生は革マルのメンバーであり、本人自ら事実を認め謝罪することは絶対にありえない、ここをどうするか。そして、すでに東大全体では確認書が交わされている、これを文学部の今後の方向性にどう繋げるかというようなものであった。

文学部の紛争の経過は複雑でネジくれているように最初は思われたが、こうして事実経過を整理してみると、極めて当たり前で単純なことにまとまった。

交渉のメンバーには、民青側の中心的な活動家・内島貞雄君とともに一般学生の代表として哲学科の田名部研吾君に加わってもらった。教授会側からは山本信先生が同席された。

少人数での話し合いであったが、それでもどうしても団交のような状態になるので、途中から岩崎学部長と平田の二人で解決策を詰めることになった。お互いの筋を通しつつ現実的な解決を図る道を探ってみようということが出発点であった。

何回かのやり取りの後、私は次のような提案をした。

教官に対する暴力行為、侮辱行為は事実としてあったことを認め、これを学生の総意として学生大会で謝罪する。教授会側は、処分の経過に一方的な点があったことを認め学生に謝罪する。このことを前提にストライキを解除し、確認書に基づいて文学部の正常化と再建に双方が努力する、というものであった。

これしか解決策はないと学部長を説得した。激しいやり取りもあったが、最後に学部長は「分かった、君の考えでいく」と言われた。

そこで、「先生の方でまず動いて下さい、それを受けて学生大会を開く。そのために、これまでに話し合ったような解決の方向を『書簡』のような形で、学生、教授会の双方に発表して下さい」、と先生に言うと、「分かった。書いてみる。それでいいかどうか君に見て欲しい」と言われた。約束の日にご自宅を訪れると、奥様が「昨晩は徹夜のような状態で書いていましたよ」と言われた。

先生は現れると、ニコッと笑って、「やあ、参った。私はこうした政治的文章をいままで書いたことがない。ここはひとつ平田君、原案を書いてくれないか」と言われた。世界的なカント学者であった岩崎先生も、こうした文章には苦労されたということであろうか。

そこで書簡のたたき台をまとめて岩崎邸を訪ねた。先生は「やあ、有難う。ご苦労であった」と率直に言われた。

あとで発表された岩崎書簡を見てびっくりした。それは自分が届けたたたき台と一字一句変わらない文章であった。

この岩崎書簡で、文学部の状況は動くと私は確信した。

臨時学生大会の開催——ドンデン返し

二月に岩崎書簡が発表され、膠着した文学部の状況が動き始めた。ストライキを解除出来る可能性が生まれ、学生大会開催の機運が高まってきた。

ところが革マル執行部はもはや指導力も統治能力も喪失し、学生大会を開催する能力も意欲もなかった。そこで自治会規約に基づいて学生大会を要求出来る数の署名を集め、開催を要求したがこれに応じないので、執行部抜きで実行委員会を発足させて、三月一〇日に臨時学生大会を開催することになった。

有志連合の学生も含めて学生大会に向けての機運が盛り上がってきた。

大会はゲバを避けるために、農学部の教室で行うことになり、前日から農学部近くの旅館を借り切って学生が待機した。

そこで〝ドンデン返し〟が起こった。

臨時学生大会の運営などについて打ち合わせをしていると、有志連合の中心的な存在であった鵜飼康彦君と盛山和夫君（後に東大教授）が私に話があるとやってきた。

話を聞いてびっくりした。

「俺たち有志は明日の学生大会から降りる」という。訳を聞くと彼ら有志と革マル執行部との間で、学生大会を開催することで話がついたので、そちらに参加するというのだ。

これには内心弱った。確かに彼らが学生大会を開かないので、実行委員会を作って臨時大会をやることになったが、革マル執行部が学生大会をやるということになれば、臨時大会開催の根拠を失う。粘り強い活動でここまで来たとはいえ、臨時大会を強行すればまた学生が分裂することになり、紛争の解決はより困難になる。

そこで考えた上で、ともかく平穏に学生大会が開催されるかどうか、それが保証されるかどうかについて革マル執行部と話し合ってみることで、二人に納得してもらった。

三月一〇日の朝、前日から泊まり込んでいた学生たちがすでに教室に陣取っていた。皆に事情を説明してしばらく待機してくれるように頼んで、鵜飼康彦、盛山和夫、神野志隆光、平田勝の四名が革マル執行部との話し合いの場に設定されていた学士会館別室の会議室に向かった。会議室に入ると、そこに何人かの教授と新聞記者が詰めかけていた。平穏な学生大会のための話し合いの場所に、なぜ教官や大勢の新聞記者がいるのだと訝ったが、席に着くなり革マル執行部の連中が立ち上がってアジ演説を始めた。日共・民青はいかに卑劣な分裂策動をしているか、東大闘争においていかに犯罪的な役割をはたしているかなどと滔々と演説を始めた。私は内心シメタと思った。彼らは始めから平穏な学生大会について話し合うような気はさらさらなかったのだ。一部の教官に説得されてしぶしぶこの席に来ただけのことだ。

鵜飼、盛山の両君に「もうはっきりしただろう、平穏な学生大会を開くような気はさらさらないのだ。ストライキも解除出来ない。みんなが待っている。農学部に帰って学生大会を予定通りやろう」と何度も言うが、二人ともなぜか腰を上げようとしない。しびれを切らして自分だけでも部屋を出ようとすると、そこにいた教官の一人、東洋史の田中正俊助教授が、私の胸倉をつかんでこれを阻止しようとする。教官のネクタイをつかんだことが学生処分の理由であったゆえ、「先生は私のネクタイをつかんでおられますよ」と皮肉を言ったが、髪を振り乱し狂気の顔をした異様な相貌であった。

田中助教授は全共闘シンパの教官であった。この場面は、結局教授会の一部にあった、民青

東大文学部における教授会との大衆団交

の主導権のもとでの解決はさせない、あくまで革マル執行部の主導でストライキを解除させようとする、一部教官の最後のあがきであったのだ。

民青と手を切れと、革マル執行部と一部教官から執拗な脅し透かしが鵜飼、盛山の二人に対して行われていたことを後で彼らから聞いた。

ようやく腰を上げた二人とともに農学部に戻り、学生大会を成功させた。教官に対する暴力行為に対して学生大会の名において謝罪するとともに、教授会の対応を見て無期限ストライキを解除するという決議案を採択し、臨時指導部を選出し、滝口道生君を委員長に選出した。

この三月一〇日の臨時学生大会をめぐる攻防が、文学部の紛争解決の最大の山場となった。

臨時学生大会は定足数を満たしており、大会決定は正当な決定であったが、なおさらに文学部学生の総意を確認するものとして、大会決定に対する学生投票を呼びかけ、文学部学生の過半数を超える投票（投票総数は文学部学生の過半数352を超える358票、賛成290、反対17、保留44、白票7）で大会決定を再度確認した。

ストライキ解除──文学部における紛争の終結

文学部革マル執行部も三月一五日に学生大会を開いたが、相も変わらずストライキ続行を決議するだけで、もはや何の展望も見出すことは出来なかった。文学部に二つの学生大会が開かれ、二つの執行部が存在することになったが、もはやどちらが解決する力を持っているかは明らかであった。

臨時執行部と教授会との何度かの交渉も進展した。「この紛争を単なる紛争に終わらせることなく、ここで得られた貴重な経験を文学部の再建、学問研究の新しい発展に生かしていくことが必要である」との岩崎学部長の提案もなされ、文学部教授会との間で文学部処分を再検討することなどを含む「合意書」が締結され、六月二四日に再び学生大会を開いて一九六八年六月二六日以来の無期限ストライキを解除した。

ここに最終的に、文学部の紛争は終結を見ることとなった。

最後の段階で再び顔を出された林健太郎教授は、私に対して、「運動が下火になったにも拘らず、よくぞここまで盛り上げた」と声をかけていただいた。

このあとは授業再開をめぐって引き続き厳しい闘いが続く事になるが、その時は、学生と教官が一体となって全共闘の妨害と闘い、授業再開を実現していくという構図となった。

最後まで残った医学部と文学部も紛争が解決し、二つの学部とも三か月遅れの六月末卒業と決められた。

三月一〇日臨時学生大会決議で「卒業・進学を希望する学生に対し教授会の適切な措置をとること」を教授会に要求していたが、文学部での単位取得は、基本的にすべてレポート提出となった。

自分はまだ取得しなければならない単位が相当残っていた。短期間に多くのレポートを書き上げることなど不可能であり、半ばあきらめかけていた。

そこへ、東大の共産党のアジトに一本の電話が入った。相良先生の自宅に電話するようにとの、相良先生からの伝言内容であった。

さっそく自宅に電話すると「君が勉強しようとしていたのは分かっている。何でもよいから書き上げて特別レポートを提出するように」といわれた。自分は相良先生からかけていただいたその言葉に感激した。二〜三日徹夜状態で特別レポートを夢中で書き上げて先生に提出した。

特別演習のレポートがもし通れば、卒業出来るかも知れないというかすかな希望が湧いてきた。多少権力を乱用したきらいもあったが、何人かの学生に「俺に代わってレポートを書いてくれないか」と頼んだ。比較的余裕があった四〜五人の学生が引き受けてくれた。あとで相良先生に「君の字と違ったレポートもあったようだが、まあ証拠がないからな」と笑い飛ばされた。

英文学の奥幸雄先生からは自宅に来るように言われた。ご自宅を訪れると、何人かの学生が集まっていた。一人ずつ書斎に呼ばれ、部屋に入ると書棚から英文の本を取りだされ、ここを読みなさいと言われた。一頁ほどを読むと、ハイ合格と言われた。

奄美大島の出身であると言われた先生は、押入れから蛇皮線を取り出して自ら演奏されたり、奥様が学生たちに食べ物や飲み物を運んでくださった。紛争で先生方にも迷惑をかけたと思うが、長い紛争で疲れた学生たちを慰め励まそうとされている配慮がひしひしと伝わってきた。自分は心の中で先生に詫び感謝した。

東大に八年在籍しても授業にまともに出ることもせず、何一つまとまった勉強・学問をしなかったにも拘らず、こうして私は卒業証書を手にしたのである。

紛争のどさくさに紛れて卒業証書を手にしたとも言えなくはないが、私にとっては、このような学生生活をおくったにも拘らず卒業出来た証としての卒業証書だと思っている。

後日談になるが、郷里の父母にこの通り卒業出来たよと言って卒業証書を届けると、父はこれを額縁に入れて長い間飾っていた。卒業証書を額縁で飾るなど恥ずかしいから止めてくれと頼んだが、父は頑として聞かず長い間飾っていた。父にとっては、ともかくも息子が東大を卒業したことは、喜びであり誇りであったに違いない。

長かった学生運動の終わり

こうして紛争にもケリがつき、卒業することも出来た。新日本出版社からは、一刻も早く職場に復帰するようにと、矢のように催促されていた。そこで職場に復帰することにした。

党から要請されてオルグとして文学部に入ってから、はや七か月が経っていた。春日町に移っていた東大の共産党アジトに別れを告げ、最初に文学部の党の責任者として紹介された女子学生とともに歩いて、文学部の活動拠点となっていた農学部の自治会室に向かった。

その夜は、月が美しく夜空に輝いていた。この女子学生も固いコンクリートの自治会室に何日も寝泊りしたり、疲労で眼に隈を作ったりしながらもよく頑張っていたな、などと思ったりしながら一緒に歩いた。

彼女も平田の将来が見えずかわいそうに思ったのか、これから平田さんはどうされるのか、どうなるかなどと聞いてきた。こんなやり取りをしながら、長い学生運動もこれで本当に終わりになるのだと思うと、名状し難い感情に襲われた。

農学部自治会室につくと、斎藤忍随先生が赤い顔をしてひょっこりと顔を出された。別れの挨拶をすると、「長い間ご苦労であった。これからも後輩たちの指導を頼む」といわれた。

こうして私の長い学生生活と学生運動の日々は終わった。

後にこの文学部の女子学生と結婚することになった。彼女はあの東大紛争の寒い日々に着ていた青いジャンパーを、いつまでも大切にタンスに保存していた。

東大紛争について思うこと

東大紛争とは、大学の自治をめぐって教授会と学生との間に紛争が起こり、大学の外からではなく、最終的には大学の自治によって大学自身によって解決した紛争である。

また、その過程で全共闘が結成され、当初運動を牽引したことも事実であるが、一方的な占拠戦術によって賛同しないものを暴力的に排除したため、その暴力にいかに対処するかの問題が生じ、暴力を克服して解決した事件である。東大紛争についてはいろいろな見方や総括がなされているが、この根本を見誤ってはならないと渦中に身を置いた者として思う。

一九六九年一月一〇日の七学部大衆団交で提起された一〇項目の確認書を、学生自治会と教授会の双方の決定機関に持ち帰って確認するとともに、最終的には二月一一日の七学部代表団交を通じて、「一四項目の確認書と四項目の大学の今後のあり方」を、双方を拘束する正当性を持った決定とする確認書が締結されて、ここに東大紛争は最終的に決着した。

この確認書が締結されたことにより、学生処分が最終的に取り消され、処分の根拠となっていた矢内原三原則や学部共通細則が廃止された。機動隊導入も誤りであったことが確認された。

「東大パンフ」も撤回され、大学の自治は教授会の特権ではなく、学生を含む構成員の自治であることが確認された。

今後の大学のあり方に関する四項目の一では「われわれは、大学の自治は教授会の自治であるという従来の考え方が、もはや不適当であり、学生・院生、職員も固有の権利を持ち、それぞれの役割において大学の自治を形成するものと考える。」と堂々とうたわれている。長い間学生運動に携わった者として、これらのことがどんな大きな歴史的意味を持っているかを痛感する。

この確認書に対して政府自民党筋から、「全共闘よりも内容がはるかに革命的だ」「現代の法体系を超えるもの」などとして大学当局に破棄するように執拗な攻撃が加えられた。大学入試中止の攻撃は跳ね返すことが出来なかったが、東大当局はこの確認書を守り抜いたのだ。

文学部で活動していた頃、確かに自分は党の任務として紛争解決のために動いていたが、この紛争は大学の自治によって、つまり大学自身の手によって解決しなければならないという強い使命感のようなものを持って動いていたし、そうした使命感に高揚する気持ちを感ずる時もあった。

平田が共産党であることは百も承知の上で、若造であった自分の解決策に教授たちが真剣に耳を傾けてくれたのも、そうした使命感に感ずるところがあったからかも知れない。

またこの使命感のようなものは、共産党の枠を超えるものであった。中国を訪問し北京大学を訪れた際、社会主義国では大学における学問の自由やそのための大学の自治はどうなっているのか、戦後の学生運動も大学の自治のために闘ってきたが、こうした学問の自由や大学の自治は日本に革命が起こったとしても、将来にわたって維持されるべきものではないか、というようなことを強く思ったりした。

東大闘争における暴力の問題にも触れておきたい。

もし全共闘が暴力を伴わない単なる論理の問題であったなら、自己の内部のエリート性の否定としての精神運動であり、それはそれで一定の意味はあったと思うが、しかし、全共闘の論理には暴力が伴っていた。彼らは暴力の魔力に取りつかれたのではないかと思う。

暴力に個人として立ち向かうことは誰しも弱い。文学部で活動していた頃、ある一般学生が自分に言った。民青は固まっているからいいが、我々一般学生は個人で立ち向かわねばならない。全共闘の暴力は非常に怖いのだと。教授たちにとってもそれは同じ事であったと思う。

こうした暴力は、ナチスの突撃隊を見ても、中国の紅衛兵の運動にしても、絶えず生まれてくると思う。権力による外部からの暴力とともに、内部から起こってくる暴力とどう対峙するかという点で、東大闘争は貴重な歴史的体験となったのではないかと思う。無抵抗主義でいくべきであったとする意見もあったが、それは実際問題として現実的ではなかったと思う。不法な暴力には正当防衛権の発動として最低限の実力を持って反撃したからこそ、一般学生も立ち上がり、全共闘と対峙した時、我々と全共闘の間に素手で割って入り、しかも全共闘の方に向かって座り込み、暴力を封じこめる事態も生じたのだ。

暴力の魔力に取りつかれた全共闘は、その後内ゲバに発展し、凄惨な事件を引き起こして自滅の道を歩んだのは当然のなりゆきだった。

全共闘が日大全共闘などを含めて全国動員をかけるに至って、全学連を中心に支援隊が組織され、各大学の学生たちが東大構内に続々と乗り込んできた。その数は相当な数になった。彼らは、時には黄色いヘルメットをかぶり、全共闘の武力に実力で対決し、血を流すことも多々あった。東大生自身が全共闘の暴力に対して身を挺して闘ったことも事実であるが、全学連の支援なくして全共闘の暴力を封じ込め跳ね返すことなど出来なかったことは明らかである。

こうした外部からの支援に対してこれを「外人部隊」として反発する空気が、一般学生の中にあったことも事実である。民青系の学生の中にもあった。民青系が集まっていた教育学部のトイレの壁に「外人部隊は帰れ！」と大きく書かれた落書きを見つけ、私は民青系の学生に強く言った。なぜ彼らが支援に駆けつけてくれたか、大学の自治をめぐり東大闘争の意義がどこにあるか、そして彼らの支援に感謝し連帯して闘う必要性を力説した。私は、全国の大学から参加した学生たちに感謝と連帯の挨拶を行った。

全国の大学からはせ参じた学生活動家の感想を聞いたが、東大構内の設備の広大さに驚いたと言う。大学予算の相当な部分を東大が占めていたのだ。そうした気持ちも乗り越えて、血を流す多大の犠牲を払って支援してくれたのだ。

最後の感想を述べれば、東大紛争はそれ以前の学生運動と様相がまるで違っていた。それ以前は、東大でいえばせいぜい一〇〇〇名、多くとも二〇〇〇名の学生の中でどちらが主導権を取るかというレベルだった。それが、東大紛争では八割以上の圧倒的な学生が立ち上がる事態となった。学生も急進化していく中で、こうした事態に対応出来る運動の経験も方針もまだまだ未熟であったことを認めざるをえなかった。

日常的な学生運動においては、すでに我々は、学園を基礎にして学生の要求を取り上げ、クラス、サークル、寮を基盤にした豊かな運動を作り上げていく方針と経験を積み上げてはいたが、東大紛争のようにいわば〝戦時〟の状態が起こった場合、これにどう対応するかについては、まだまだ経験が足りなかった。

その点では、全共闘に共感する学生たちの反応から学ぶ点は多かったと思っている。組織としてではなく個人として直接参加出来るような形態の運動を構築することも、必要ではなかったかと思っている。

また、運動には様々な局面が現れる。学生が急進化する場合もあれば、ノンポリ系の学生はもちろん、保守系の学生や右翼的な学生とも団結しなければ解決出来ない場合もある。特に医学部や文学部の場合はそうであった。この点でも東大紛争の解決への経過は貴重なものがあったのではないかと思う。

大学の自治と学生の自治をめぐる攻防

一九六〇年代は大学の自治をめぐって揺れ動いた一〇年であり、また大学における学生の自治と学生運動のあり方が大きな問題となった一〇年でもあった。

一九六二年の秋には、大学管理法案が国会に提出された。この法案の狙いは、従来大学の運営が教授会の自治を中心にして運営されている現状を苦々しく思っていた政府自民党が、大学に対する統制を強化するために、学長、学部長に対する文部大臣の任命権や拒否権を明確にし、評議会や学長の権限を強化する一方で、教授会の権限を縮小するとともに、教授会の構成メンバーを助教授以上にすること、学長の選挙権から助教授以下を制限することなどの内容が盛り込まれていた。これに対する広範な批判や運動が高まり、一九六三年一月に廃案に追い込まれた。

しかしそれ以降、国大協（国立大学協会）の「自主規制路線」が強まった。表向きは大学の統制に反対の姿勢を示しつつ、評議会の権限強化と教授会の権限縮小、学長の選挙人や教授会の構成メンバーを常勤講師以上に制限するなど、実質的には政府自民党の大学統制の動きに呼応したような動きに思われた。

また、その一方で、学生自治と学生運動を大学内で規制しようとする動きが強まった。

大学が「革命運動や左翼運動の拠点になっている」というような攻撃が加えられ、外からの統制を強化しようとする動きが強まるにつれて、大学自らが大学の管理運営をきちんと行っていることを示す必要に迫られていたということであろうか。

この学生自治を規制しようとする「自主規制路線」の中で、「東大パンフ」も出された。

こうした大学当局の動きの中では、大学の自治は教授会の自治であるとする意識は当然のこととして前提されていた。

しかし、大学は「大学の大衆化」という激変の時代を迎えつつあった。一九六四年には大学生は短大生も含めて一〇〇万人を超え、同年齢層人口の中で一五％以上を占めるに至っていたが、これが団塊の世代が大学に進学する一九六六年からの「大学生急増」時代を迎え、学生たちのマスプロ授業を始めとする勉学上、生活上の不満が爆発しつつあった。

こうした状況の中で、学生の自治意識も高まりまた政治意識も高揚しつつあった。

これらの事情が重なって、一九六八年前後から空前の学園紛争が起こり、その総決算として東大紛争が起こったのだ。

学生の自治、学生運動を一定の枠に抑え込もうとする「自主規制路線」が破綻するのは、こうした時代の流れの中で当然のなりゆきであったと思う。

岩崎武雄先生のこと

等々力にあった岩崎邸をしばしば訪ねることになったが、ある時先生は歯を腫らしておられた。相当悪い状態で、ドクターストップがかかっているという。学部長としての疲労も重なっていたと思う。

先生は、翌日予定されていた革マル執行部との大衆団交に出られるという。「そんなところに出ても何の意味もない、何の解決にもならない。おやめになったらどうですか」と言うと、「私は出ます。暴力で思想や信念を変えることは出来ない。人間の筋を曲げることも出来ない。そのことを証明するために私は出て行きます」と言われた。その気迫に圧倒された。岩崎先生は保守的なカント学者だと思っていたが、そんな印象はどこかにすっ飛んでしまった。

解決策を探った岩崎邸での最後の晩に、奥様がウイスキーとチーズを運んでこられた。しばし先生と歓談した。その時「自分は本当は学問をしたかったが、学生運動に明け暮れて勉強は全く出来なかった」と言うと、先生は「いまからでも遅くはない、勉強したまえ」と真顔で言われた。さらに「君を見ていて自分は共産主義者というものに対する見方を変えた。君のように、ステップ・バイ・ステップという考えであれば、自分は賛成だ」と言われた。

文学部の紛争解決のために行った岩崎先生との交渉と触れあいは、自分の心に深く刻まれている。

平田の結婚式は友人たちが実行委員会方式でやってくれたが、岩崎先生にも案内を出したところ先生から直接電話を頂いた。「結婚式には出られないが、少しばかりの贈り物をするから」ということであった。先生からは立派なクリスタルの灰皿が送られてきた。紛争時代はスパスパやっていたが、妻に子どもが宿ったことを知ってから、タバコはきっぱりと止めた。しかしこの先生から贈ってもらった灰皿は、東大紛争の証として、また岩崎先生と文学部の解決を探った証として、いまも大切に保存している。

岩崎武雄学部長と、文学部の紛争解決の糸口を水面下で探ったことは、誤解を生ずることも予想され、お互いに口外しないという約束だった。林健太郎先生もおそらくその水面下の経過は承知されていたことだろうし、口外しないということも暗黙の了解であったと思う。私も紛争から大分時間が経ってから、部分的にその一部を話したこともあるが、その詳細を記したことは今回が初めてである。東大紛争から五〇年の歳月が流れたいま、歴史的事実の一端を語ることは許していただけると思う。

東大文学部における紛争解決は、こうした水面下の交渉ですべて解決されたわけではない。水面下で解決の方向は探ったが、学生および教授会の双方でそうした方向性が支持されるに及んで、はじめて解決に向かったのだ。

相良亨先生のこと

相良先生は、日本思想史を研究されており、武士の思想とか、そこに流れている日本人の思想を研究され、日本人の精神史の重要なキーワードとして「誠実」ということを長年研究して来られた。後に先生は『誠実と日本人』という本を書かれたが、これを読んでこの本は東大紛争の体験をもとに書かれたものであると直感し、そのことを先生に尋ねると、その通りであるという返事が返ってきた。先生によれば、東大紛争の体験は、日本の敗戦以上のショックを与えた事件であったという。

先生は、「誠実」に話し合えば心は必ず通ずるという、日本人の心を信じておられたと思う。当時の文学部の教授から聞いた話だが、当時全共闘に影響された学生たちは優秀で真面目な学生が多く、そうした学生が対話を拒否し、教授たちに歯向かってきたことにショックを受けたという。相良先生もその一人であった。先生が確信されていた「誠実」という日本人の心の核心に揺らぎ動揺が起こったのだ。この本の中で、「誠実であればいいのか」という問いも発せられている。

相良先生は、全共闘の学生たちにまともに立ち向かわれた。そこに「対話」といったものが成立する余地はほとんどなく、先生にとっては相当ショックな体験であったに違いない。それは、他の教官にとっても同様なことであった。

相良先生は、文学部紛争の過程で心臓を悪くして入院された。奥様も心労のあまり一時耳が聞こえなくなったという。

当時東大紛争の中で、全共闘を中心に「自己否定」ということが盛んに言われた。マスコミもこれを盛んに持ち上げた。「自己否定」という言葉からは、自己の有りように対する厳しい自己反省を含む倫理的ニュアンスがある。しかし、全共闘の実際の行動からする「自己否定」の論理とは、そうしたものとは全く違って、言葉には酔っていたが、自己の感情を絶対化し、自己否定や自己批判を、暴力をもって他人に押し付けるという、むしろ「自己肯定」の論理に立つものであったと思う。自分の感情にだけ「誠実」であればそれでよいのかという問いも、そうした体験から発せられたのではないかと思う。

ある時先生は、「君は日本人としての観察対象であった」と言われた。自分の行動の中に、先生が言われるところの、日本人の中に流れているものと共通した何かを見ておられたということであろうか。相良先生のこの言葉も、自分に対する励ましの言葉として心に焼き付いている。

もうひとつ、相良先生が話されたことで自分にとって忘れがたいことは、先生の一高・東大時代の同級生の中に、新人会や革命運動に参加して治安維持法で獄に繋がれた人がいたということだ。平田に協力したいという気持ちは、当時そうした友人がいたということにも関係しているというような話をされた。後日談になるが、その後出版社を興し、労働弁護団に所属する弁護士の紹介で、「野村浩」という方の出版を引き受けることになった。その準備過程でいろいろ相談している中で、相良先生と倫理学科の同級生であることが分かり、相良先生からこう

相良亨先生（相良先生の喜寿を祝う会、1998 年 8 月）

いう話を伺ったことがあるが、それは野村先生のことではないでしょうかと聞いたところ、自分のことであると言われた。

不思議な人の繋がりに感動が起こった。相良先生は、後に保守系知識人を中心とする「日本文化会議」にも名を連ねておられたが、戦前の学生運動と戦後の学生運動が、そうした相良先生を通じて一つに繋がっていたのだ。歴史は思わぬところで繋がっている。

野村浩先生は、その後軍隊に召集され中国戦線からベトナムまで徒歩で行軍し、復員後は東大法学部に入り直され、法学を修めた後は労働委員会で労働者側の労働委員などを務めたり、労働科学研究所の理事長や神奈川大学に常民文化研究所をつくられた中心人物であることも分かった。残念ながら、準備の途中で亡くなられて出版には至らなかった。

文学部事務長、尾崎盛光さんのこと

本郷に進学した頃から、尾崎さんが夜、赤い顔をして文学部の自治会室にちょくちょく顔を出された。尾崎さんは弥生門近くの官舎に住んでおられ、自宅に来いと言われてよく訪問した。当時はまだ事務長ではなく、学生の就職事務を担当しておられた。

紛争になって文学部に戻ると、すぐ尾崎さんを訪ね協力を要請し、また尾崎さんの意見もよく伺った。尾崎さんの息子はまだ小学生であったと思うが、東大紛争のビラを盛んに集めていた。

文学部の紛争が一段落した頃、就職がＮＨＫに内定していた田名部研吾君から連絡があった。突然内定を取り消されたという。田名部君は民青だというタレコミがあったらしい。おそらく革マル執行部系の誰かがそうした卑劣な行為をしたに違いない。

田名部君は民青ではない。一般学生の代表として我々と行動を共にしただけだ。

私はすぐに尾崎事務長のもとに飛んで行って事情を話し対処を頼んだ。尾崎さんはすぐに林健太郎先生に連絡され相談された。林先生はすぐ動かれ、当時のＮＨＫのドン・前田義徳会長に直接会われることになった。結果は、内定取り消しの撤回は難しいが、臨時職員として採用し何年か後に正式の職員として採用するということだった。いまさらながら、東大人脈の凄さを実感した。

卒業のためのレポートも提出し終わった頃、尾崎さんから自宅に来るように連絡があった。自宅を訪ねると、君が卒業出来るかどうかは微妙なところだという。明日の評議員会で、東大紛争という東大始まって以来の出来事が起こったので、平田の場合は特例として九年の在籍を認めるという提案がされようとしているが、それでいいかという。

私は「そうした配慮をしていただけるだけで十分です。自分には学問の実態はないので、八年で除籍という扱いで結構です」と応えた。尾崎さんからは、「お前は自分の好きなことをやったからそれでいいだろうが、除籍になったら親が悲しむだろうな」と言われた。

その晩は、やけ酒を飲んだ。いろいろ悪戦苦闘したが、やっぱり卒業することは出来ずに終わるのか。九年やっても同じことになるだろう。しょうがない。東大はこれで終わりにしようとその時そう思った。

翌日、尾崎さんから連絡があった。「平田君、卒業出来たよ」と言われた。尾崎さんが言われるには、本郷に進んでから単位取得問題で変更があったという。その解釈で平田は単位を満たすということになったという。それを相良先生と協議して決めたといわれた。

除籍を覚悟していたが、そうした配慮に感謝した。ギリギリの状態で私は卒業出来ることになったのだ。

尾崎さんと親しくなるにつれて、彼のことがいろいろ分かってきた。

彼は東大文学部の社会学科の出身で、福武直先生と同級生で、防空壕の中で一緒に星空を眺めた仲だという。その後、マツダ（当時、東洋工業）に就職したが、労働運動に参加し、共産党の活動にも従事しているうちに結核となり、運動を退き、神奈川県の逗子の小坪で鶏を飼いながら病気療養を続けていたという。その頃を知っている方にも話を伺ったことがあるが、爪に火をともすような日々を送っておられたということだ。結核も治り、大河内一男先生に拾われて東大の職員になったということだ。「お父さんは強かったからここまで来られたのだ」というのが奥様の口癖だった。

私の結婚式にも来ていただいた。そこで再会した新日本出版社の社長とは、当時の共産党の活動を一緒にやった仲だったという。尾崎さんにはいろいろお世話になったが、こうした歴史の流れで一本の線で繋がっていたのだ。

尾崎さんは、肺がんを患い虎の門病院で亡くなった。亡くなる直前に文学部の佐保勲君と一緒にお見舞いに行った。尾崎さんは、東大紛争で忘れることが出来ない一人である。

宮本顕治氏の印象

東大紛争のさなかに、当時の共産党最高実力者・宮本顕治氏のもとを何度か訪れた。そこで一番印象に残っていることは、情勢の重要な「環」として東大紛争をとらえるという宮本書記長の指摘であった。六〇年代後半当時、公害問題を始め様々な大衆の反乱、抵抗、運動が無数に起こり始めていた。大学紛争もその一つであり、その象徴が東大紛争だ。権力の方もこれを「環」として位置づけ、これを何としても抑え込み、あるいは過激派、全共闘をあえて泳がせて利用しまっとうな運動を破壊し、あるいは国民から孤立させようとしているということを強調された。

このように情勢の「環」として東大紛争を位置づけ、社会全体、政治全体の中で東大紛争を見なければならないという指摘に自分は唸った。紛争にずっぽり嵌《は》まっていた我々であったが、政治的に物事をとらえるということはこういうことなのか。なるほどそうであればこそ、共産党はあれだけの人と資金をぶち込んで、現地指導体制を敷き、赤旗紙上でも連日キャンペーンを張っていたのだ。

また、宮本書記長の柔軟な発想にも目を開かされた。当時全共闘や過激派の暴力も限界を超えつつあった。しかし当時の我々は大学自治の観点から、警察力の導入などとんでもないという考えに凝りかたまっていた。しかし宮本書記長は淡々として言われた。ある限界を超えたような場合、大学の自治の範囲では到底処理出来なくなった場合は、警察力を大学に導入して過激派に対処することもありうる。敵をして敵を打つのだという。

確かに、当時全共闘がニトログリセリンを持ち込んだという情報も飛びかっていた。全共闘、過激派の暴力で死者が出る可能性もあった。

こうした場合にどう対処するか、目から鱗が落ちる感じがした。ものごとを柔軟に、相対的にとらえる必要があることをこの時痛切に感じた。

東大紛争という未曽有の大紛争が、学生たちと東大当局との確認書の締結という形となって大きな成果を上げ収拾に向かったことには、宮本顕治氏の影響力と的確な指導によるものであったことは、渦中に身を置いた者として断言出来る。全共闘によるあれだけの暴力があったにも拘らず、大規模な衝突にも至らず死者を出すこともなかったことも同様である。

全共闘との大規模な衝突を避けるために、東大当局から「使者」が共産党を訪ねてきた。その一人が法学部教授で加藤一郎総長代行補佐を務めた坂本義和氏であった。また吉野源三郎氏が「使者」として共産党本部を訪ねてきたことを、宮本顕治書記長から直接聞いた。吉野源三郎氏宅の家庭教師を全共闘議長の山本義隆がやったことがあるということで、全共闘との全面衝突を避ける思惑もあったのではないかと思う。

学生たちが自ら闘い自ら展望を切り開いたことは、もとより言うまでもないことであるが、大規模なしかも長期にわたる東大紛争を最終的に解決に導いたことには、共産党の力と宮本顕治氏の指導力があって初めて実現出来たことは間違いないと思う。それほど共産党の影響力は大きかったと言える。

ある時、宮本書記長は私にこう言われた。君たちの能力は、大学の中や学生運動の中だけでしか通用しないというものではない。社会一般で十分通用するものだと。

これは、学生運動、東大紛争などで奮闘している活動家に対する多少のお世辞が混じっていたものとは思うが、私にはこの言葉が強く耳に残っている。

当時の学生運動と活動家たちをこのように高く評価していたにも拘らず、その二〜三年後に起こった「新日和見主義事件」において、宮本氏が当時の中心的な活動家たちの多くを危険な潮流と見なしこれをなぜ排除するに至ったのか、私には依然として謎が残る。

第5章

新日和見主義事件——1969年～1972年

新日和見主義事件の勃発

一九六九年七月一日から、新日本出版社の仕事に復帰した。ともかくも卒業出来たことで、アルバイト扱いではなく正社員となった。

長い間東大紛争の現場に張り付いた疲れが残っており、少しの間休養し旅行などをして気分転換を図りたかったが、それもかなわず、文学部から引き上げた翌日から勤務することになった。疲労のためか、一か月ぐらいはテレビの画像が揺れているように眼が乱れることがしばしばあった。近くにあった鍼灸院にも通って疲労回復に努めた。

九月頃から本格的な編集活動が始まり、「新日本新書」の責任者にもなった。

これから二年あまり、しばし平穏な日々が続いた。新日本出版社に復帰してから翌年に結婚式も挙げ、やがて息子も生まれた。

編集活動も充実した日々が続いた。一九六九年から一九七〇年にかけての沖縄国会の頃は沖縄人民党党首の瀬長亀次郎さんの担当となり、高輪にあった議員宿舎に瀬長さんを連日訪ね、面白い話をいろいろ伺った。哲学者の真下信一先生と編集者としてお付き合いをさせていただいたことも忘れ難い。執筆完成のため熱海のホテルに先生をカンヅメにし、夜になると先生からいろいろと話を伺った。丁度息子が生まれる頃で、出産予定日を過ぎてもなかなか生まれなかったため、「まだか、まだか」と連日聞かれた。

個人としての生活も、出版社の編集活動も、充実した日々を過ごしていた。

こうした時に、「新日和見主義事件」が勃発した。

一九七二年五月八日から大量の活動家に対する「査問」が突如開始された。五月九日には「外国勢力と結んだ反党分子が存在している」とする共産党幹部会声明が発表され、以後赤旗紙上で大々的なキャンペーンが繰り返された。

新日和見主義事件とは何か

新日和見主義事件とは、一九七二年に起こった、主として民青（日本民主青年同盟）を中心に大量の青年運動の幹部が反党分派として査問され処分された事件である。「新日和見主義」というレッテルは共産党中央の方でそのように名づけたもので、弾劾された方が自らそう名乗ったわけではない。何をもって「新日和見主義」とされるかは、極めて曖昧であった。

その詳細な実態は今日になってもいまだ不明である。党から処分された者は一〇〇名以上、査問されたものは六〇〇名に及ぶとされるが、共産党が実態を発表していないので正確な数字は分からない。

査問は、民青同盟を中心に行われ、中央役員、本部勤務員、地方の民青幹部に至るまで相当広範囲に及んだといわれる。また査問は民青だけでなく全学連やその他の大衆団体、通信社や出版社にも及んだ。事件の首謀者とされた川上徹氏らが刊行した書物などでこれまでに明らかにしたところによれば、日本平和委員会の熊倉啓安、労働者教育協会の森住和弘、国労の細井宗一、ジャパンプレスの川端治、高野孟らに及んだという。婦人戦線にも及んだようだが、具体的に誰が査問されたかは明らかになっていない。これまでに刊行された書物などには一切出ていないが、実は新日本出版社の編集部にも及んでおり三名が査問された。

当初、共産党はこの事件について「外国の勢力と結んだ反党分派集団」という大々的なキャンペーンを張ったが、途中からこれを言わなくなり、後付けの理由のような形で、新日和見主義はこのような理論、傾向、主張をしているというような批判が大量になされた。しかし、誰が、いつ、どこで、そのような論を展開しているかなどは一切明らかにされず、これまでに例を見ない極めて異例な批判がなされた。

この事件に連座した者の証言によれば、査問のやり方は、単なる事情聴取のようなものではなく、頭から分派と決めつけ、病気療養中の者を含めていきなり連行し、一〜二週間の長期間にわたって拘束し、連日長時間にわたる査問という名の取調べを行った。家族にも連絡させず、自殺予防のために被査問者には付き添い人が付けられ、寝る時は勿論トイレにも一人で行けなかったという。また自己批判書が強要されるなど戦前の特高張りの査問が行われた。査問のために拘束された者の父親が人権擁護委員会に訴えようとする動きに出たことで、ようやく釈放された者もいた。

事件に連座した友人から聞いた事実からも、このような査問が実際に行われたことは間違いない。このような査問が、治安維持法の時代ではなく、日本国憲法下で行われたのだ。

この事件から二～三年後に、奇怪な事実が発表された。党中央に忠実に振る舞い、新日和見主義に対して先頭にたって闘ったと評価されていた民青の幹部の中に、警察のスパイが送り込まれ、内部で破壊腐敗活動をしていたということで、民青大阪府委員長の北島某や、愛知県委員長の西村某などの有力な幹部が摘発された。この中には、次期民青委員長を狙っていた者もいるという。党の発表は、「警察のスパイは反党分子だけでなく、党に忠実を装う者のなかにも送り込んでくる」というようなことを言っていたが、事実は、新日和見主義とされた者のなかにスパイはいなく、すべて党に忠実を装っていた者の中に警察のスパイがいたということだ。党中央は、スパイと一緒になって、新日和見主義一派を民青からたたき出したという構図になった。

民青同盟は、一九六〇年三月頃には数千名の同盟員しか擁していなかったが、安保闘争後には一万数千人となり、私が東大に入学した一九六一年の秋には五万人の勢力となっていた。すでに述べたように、私は駒場時代に東京目黒の民青地区委員をやったこともある。

その後も民青は急速に伸び、新日和見主義事件の頃には、二〇万の勢力となっていた。民青の本部は神田三崎町、三崎神社のすぐ近くの古いビルにあったが、この勢いで、渋谷の一等地に地下二階、地上五階の民青会館を建設するまでに至った。

急速に伸びた青年の組織であるだけに、様々な矛盾や問題も抱えていた。一〇〇〇名の民青専従者が全国にいたといわれるが、大きくなった組織をどう運営するか、どこでも悩んでいたと思う。また青年はいつまでも青年でいることは出来ないから、後継幹部をどう確保するかも大問題であった。

こうした矛盾や問題を抱えていたとはいえ、その勢いは注目されていたと思う。

大学でも四ケタを超える民青に至った大学がいくつもあった。名古屋大学、東北大学、立命館大学、京都大学、岩手大学などでは一〇〇〇名を超える民青となっていた。東大でも最盛期には民青は一〇〇〇名を超える組織になった。四ケタには及ばないが、それに近い大学、地方大学もいくつもあった。

学生だけでなく、青年層のなかにも相当な勢力に伸びつつあった。横浜を中心に展開された「青年安保学校」の運動には民青や労働者教育協会が中心となり、延べ一〇万の青年が参加したといわれている。こうした民青の勢いに、日本の支配層は危機感を抱いていたと思う。

しかし、この新日和見主義事件を機に、民青の勢いは完全に削がれ、学生運動も以後急速に衰退の道を辿ることになった。もし、警察から送り込まれたスパイたちの目的が、新日和見主義事件に乗じて民青の勢いを削ぎ、民青や全学連を破壊することにあったとすれば、彼らの目的は達成されたと言える。

また、宮本顕治氏の意図が、自分に刃向うようになった民青や全学連など、この際潰してしまえ、ということにあったとすれば、これも完全に達成されたことになる。

こういう意図が全くなかったとは断言出来ない。毛沢東が文革において、自ら育てた中国共産党を、紅衛兵を動員して外から破壊することを現にやったのだ。

宮本氏の意図がそういうものでなかったとしても、結果として、新日和見主義事件は民青や全学連の運動を衰退に追いやった。

新日和見主義事件は、その後の民主運動にも、また日本の政治にも大きな影響を与えることになった。一九六〇年代の運動を担った、将来性と勢いを持つ青年学生運動の中心的人物の多くを、共産党は党から除外・放逐したのだ。この事件は、その後の民主運動はもちろん、党の勢いにも影響を及ぼすのではないかと当時から私は思っていた。民主運動、革命運動にとっての世代断絶を引き起こしたのだ。事態はその時憂慮していた通りに推移している。

一九六八年世代ということがよく言われる。日本でも一九六〇年代に学園闘争が空前の盛上がりを見せた。フランス、ドイツを始め、この一九六八年世代は、その後それぞれの国の政治に現実的な影響を与えるに至っているが、日本ではそうならなかった。その大きな原因は、日本の場合、共産党内に新日和見主義事件が発生し、この世代の中心的な人物が党から除外・放逐されたこと、またこの事件が何であったか、なぜ自分が反党分子として弾劾されたか、自らも納得しえず総括出来ないまま、この事件にかかわった多くの人材が世に沈潜してしまったことにあると私は思っている。

この事件にかかわる体験記などを読むと、この事件にかかわった人物たちのその後の生き方や苦労が身につまされる。献身的に運動に従事していた者たちが、何の準備もなくいきなり社会の中に放りだされたのだ。食うことから始めなければならなかったのだ。

事件に連座した全学連関係者では、その後頑張って弁護士になった者、学者になった者、教師になった者、会社を興した者、堂々と一流企業の中途採用試験に合格して大企業に就職した者などもいたが、大部分は札付きの活動家だったから、就職するのも大変だったと思う。民青の関係者が特に苦労されたと思う。食うために自営業を始めたり、飲み屋や食堂を経営したり、宝石商を始めたりした者もいると聞く。

自己犠牲的な精神に富み、党にも忠実であった彼らの受けた心の傷とその後の苦労はあまりにも大きかったと言える。

自分は奇跡的に「査問」に連座することなく、事件の直前に新日本出版社を辞職し、自らの道を歩み始めることになったが、その後の苦労は彼らとまったく同じである。

以下、この事件について、平田が実際に体験したこと、見たり聞いたりしたこと、そこで思ったことなどをまとめてみたい。

全学連グループの秘密勉強会

全学連ＯＢの同窓会的集まりは、折にふれしばしば開かれていた。

一九六九年六月に『学生運動』（日本青年出版社）の出版を機に、学生運動の総括のための研究会が発足。平田も参加したことがある。この頃から、不破哲三氏の提唱する「人民的議会主義」に対する批判的な意見や、党は大衆闘争を軽視し党勢拡大運動と選挙活動ばかりやっているのではないか、というような疑問や不満も話題に上り始めていた。

やがて一九六九年の七月頃、革命運動の在り方を研究してみようという勉強会が川上氏の呼びかけで発足した。全学連ＯＢグループ八名、現役グループ三名、計一一名で発足したこのグループは、基本的に学習・勉強会グループであり、分派組織ではなかったし分派的活動は一切していない。平田は全学連勉強会の一一名のなかの一人として属していた。勉強会は、これを「ボーリング研究会」と名付けていたようだが、最近文献を読みなおすまでこのことを失念していた。「ボーリング研究会」と言えば何やら符牒めいていて「秘密結社」のような響きを持つが、決してそのようなものではなかった。「自由な勉強会」といったイメージで自分はとらえていた。しかし、革命運動のあり方や党自体のあり方を批判的に検討してみようとする「秘密の勉強会」であり、党の規律に触れる可能性を持っていた。

当時、私は新日本出版社で「新日本新書」の責任者となっており、仕事も多忙で勉強会にも毎回出たわけでもなく、時々参加するだけの受動的な一員であったと思う。

勉強会グループの雰囲気は、共産党の現状に対する不満や疑問が充満していたが、まだ感覚的なものであり理論的な研究や構築には程遠いものであった。ましてや分派闘争に踏み出せるような状況にはなく、またその覚悟も出来ていなかったと思う。しかし、私はこのような勉強会は、いつか分派的な動きになるのではないかと思っていた。そうした分派的動きになった場合に自分はどうするかは、その時に考えればいいというスタンスだった。

この勉強会には元共産党青年学生対策部長の広谷俊二氏が顧問格のような形で出席していた。この勉強会と並行して一九七〇年の七月頃に、学生問題研究所を立ち上げる構想が持ち上がった。広谷氏の個人的な思惑を別として、この構想自体は分派的な意図はなく、純粋に学生運動の経験を蓄積していこうとするものであり、全学連、全寮連、大学生協連の三団体が共同して出資し設立することになった。広谷氏によれば、党内手続きも経たというものであった。ところが、立ち上げる直前になって宮本顕治氏により潰された。このことが、新日和見主義事件に繋がる一つのきっかけとなった。

学生問題研究所の発足段階で、平田にとっては大きな問題が生じた。

全学連グループの勉強会に属していたY氏が、全学連の任務を終えて名古屋に帰ったあと、彼の能力からすれば不本意な生活を送っているのではないかと思われる状態を気の毒に思い、新日本出版社に来る気があれば紹介の労を取ってもいいことを伝えた。

彼はぜひお願いしたいということであったので、いろいろ根回しをした。新日本出版社は党の直属であるから簡単ではなかったが、党の責任者の面接も経て、彼の就職が正式に決まり、一九七〇年九月一日からの出勤も決まった。彼も当面名古屋から単身赴任で来ることになり、東京の住所も決まっていた。

ところが、初日から出社しない。なぜ出社しないと問い詰めると、学生問題研究所の事務局の仕事をすることになったので、新日本出版社への就職は取りやめたという。

後に川上氏が書いた本によれば、広谷氏がY氏に直接指示したとのことだ。その時はすでに新日本出版社への就職が正式に決まり、出社直前のことであった。

自分には何の連絡もない。それはないだろうと強く思った。そういうことになったらなったで、紹介の労を取った自分に一言事前の連絡と了解ぐらいは取ったらどうか。また社会的常識として、就職が決まっていた新日本出版社に事情をきちんと連絡し説明すべきではないか。このグループは勉強会グループであり集権的な組織ではない。一方的に何かを決めて命令する組織でもない。だがこうした信義に反するやり方を平気で行う広谷氏と、これを容認した川上氏の、骨の髄まで染み込んだ「体質」をいやがうえにも感じざるを得なかった。共産党の官僚主義的体質を批判していたのが広谷氏や川上氏ではなかったか。

このY氏をめぐる事件は、自分にとっては、広谷氏、川上氏の行動を、距離を置いて批判的に見る一つのきっかけとなった。

川上氏らが次第に民青中央の中で多数派を占めつつあることを勉強会で聞き、私はやがて近いうちに民青の中で本格的な分派闘争が発生することは避けられないと思った。このような状態をいつまでも共産党中央が放置しておくことは考えられず、必ず厳しい対応をしてくるに違いない。しかし、川上氏らにそのような緊張感は感じられなかった。

広谷俊二氏が新党結成をアジる

一九七一年の七月頃であったか、広谷氏がある時「新党結成」を勉強会の全学連グループの主だったメンバーに強くアジった。自分はいよいよ来るべきものが来たと思った。その次に彼が来た時は、「君たちは何を躊躇しているか」と勉強会のメンバーをなじった。

メンバーのほとんどは時期早尚という感じであったが、新党結成を含む分派闘争がやがて始まるかも知れない、自分はどうするか、いまその決断が求められていると本能的に強く思った。新日本出版社を辞職する決意を固めたのは、この広谷氏の新党結成への発言が直接の契機となった。なお、査問が始まる前に広谷氏が新党結成を働きかけた事実は、川上氏が書いた本の中では一切出てこない。「新党結成の話も出た」ということは語っているが、広谷氏が新党結成をアジった事実は何も語っていない。

広谷氏が、全学連グループの勉強会発足から学生問題研究所構想に至るまで、一貫して学生運動を基盤とした反党活動への個人的野望を抱いていたことは、後に彼が書いた本（『東大闘争裏面史』全国大学人協会、一九八三年）の中で知ることになる。

こうした状況の進展の中で熟慮した結果、一九七一年の八月頃、自分は新日本出版社を辞職する腹を固めた。

このままいけば、新党結成を含む分派的動きは避けられない。しかし、自分も属している全学連勉強会グループにはその見通しも覚悟もないし、またその条件も熟してはいないと思われる。二〇万の組織に成長した共産党の御三家の一つの民青が、「反乱分子」に制圧されようとしているのだ。このまま党中央が放置しておくはずはない。全学連勉強会グループが分派と認定されれば、自分も処分を受ける可能性がある。そうなればいずれにしても党直属の新日本出版社にいることは出来ないし、新日本出版社にも迷惑をかけることになる。

学生運動研究所をめぐる広谷氏や川上氏の自分に対する信義に反する行動を見ても、彼らは全面的に信頼出来ない面がある。広谷氏の個人的野望も目につく。苦労してここまできた自分の人生を、彼らに預けることは出来ない。とすれば、この際、全学連勉強会グループにも一定の距離を置くとともに、自ら新日本出版社を辞職した方がいい。せっかく就職出来たところであり編集はやりがいがあるし自分に向いている仕事だと思っているが、ここに至ってはやむを得ない。幸い、友人から司法試験の受験をすすめられ、勉強会にも誘われている。合格する見込みはないし、その間の生活の見通しも全くないが、この際やってみる以外にない。これからは党に頼らず、自分の足で立つ生活を始めるのだ。東大に入学して以来、党の任務としての学生運動に明け暮れた毎日であったが、これからは自分の意志で自分の人生を歩むのだ……。

大体、このような決断だったと思う。

新日本出版社を辞職

事態は進展しており事は急がなければならないが、辞職をいつ切り出すか、そのタイミングを考えていた。意外なところからそのきっかけはやってきた。

九月の初め頃、編集同僚の女性が、相談したいことがあると、突然アパートを訪ねてきた。党中央から新日本出版社に派遣されてきていた幹部との不倫問題であった。自分はこれに怒った。

その幹部は、新日本出版社で『宮本百合子選集』を担当した時の上司であった。さっそくその幹部に「あなたはどうするつもりなのか」と談判に怒鳴り込んだ。その際、どういうことでそうなったかは、いまでは思い出せないが、うっかりと自分が新日本出版社を辞職しようとしていることを彼にしゃべってしまった。するとその幹部は、自分の不倫問題を棚に上げて、平田の辞職問題を、党の出版局長にご注進に及んだのだ。事は明るみになり、出版局長から事情を聞かれた。自分は司法試験を受験し弁護士になる決意を率直に語った。自分の話をじっと聞いていた出版局長は、「君がそういう世界で生きていくこともいいか」とぽつりと言ってくれた。

党の文化部長の蔵原惟人さんの本を担当していた事もあり、蔵原さんの自宅に伺った際に、新日本出版社を辞職することを伝えると、新日本出版社を辞めるなら党の文化部に来ないかと言われた。共産党幹部会員の蔵原さんに、本当の事情などを話す訳にはいかなかったが、そんなことをすれば飛んで火に入る夏の虫だ。蔵原さんの配慮に感謝するとともに丁重にお断りした。

党の出版局長の承認を先に得たので、新日本出版社に辞職願を正式に提出した。

「弁護士などはいくらでもいる。有能な編集者は少ない。平田さんは編集者に向いている、辞めない方がいい」と多くの同僚に言ってもらったことは嬉しかった。

もしあのタイミングで新日本出版社を辞めていなければ、自分も新日和見主義事件に確実に連座していたと思う。一九七一年一二月末に辞職してからわずか五か月後に、党を揺るがした新日和見主義事件が発生するなど、当時新日本出版社にいたものは誰も思わなかったと思う。

全学連の勉強会グループには、新日本出版社の辞職と司法試験の勉強に入ることを伝えた。その後は、勉強会からはお呼びがかかってこなくなり、勉強会グループから自然に離脱する形となった。

民青の中でのフラクションの形成

ここから述べることは、自分が実際に体験したり見たり聞いたりしたことではなく、その後文献などを読んで知ったこと、認識したことが中心である。

川上徹氏の本や、民青静岡県委員長で事件に連座した油井喜夫氏らの本などで、後で知ったことであったが、この頃すでに民青中央の中での抗争が始まり、フラクションの芽が形成されつつあったのだ。

川上氏は、民青中央委員会の中で宗邦洋氏という三池炭鉱出身の有力な「反乱分子」を見つけ、彼と連携する形で分派活動を始め、一九七一年七月には、吉村金之助委員長の不信任事件も発生するに至った。さらには、民青内部で川上・宗という分派の核が形成され、川上氏は宗邦洋氏らを連れて広谷俊二氏の自宅を訪問して引き合わせた。そして一九七一年一一月には「こころ派」という分派が結成されていたという。この分派の目標は、民青中央で彼らが多数派になる事が目標だったという。私はこうした動きは、勉強会から離脱していたこともあり全く知らなかった。

こうした中で、一九七一年秋には、民青の大会延期が決定された。大会が延期になったのは、民青が大幅に減少に転じていたこともあったという。

一九七一年一二月の共産党六中総で、青年運動に対する方針が出され、「民青の対象年齢を二五歳以下に引き下げる」という年齢制限が決定された。また同時に「民青幹部の年齢を三〇歳までにする」という方針を打ち出してきた。幹部の年齢制限をすることで、党の方針に反対する民青幹部を締め出そうとしたのだ。

この年齢制限に対する反発は急速に広範囲に拡がった。民青の幹部、特に地方の民青幹部は、六〇年代に民青をここまで大きくしてきた実績を持ち、民青の実情も、青年運動の特質もいずれもよく知る者が多かった。民青同盟員の加入条件を二五歳までとしたり、一律に民青幹部を三〇歳までにするというような方針では「民青は持たない」「実情に合わない」とする反発、反対が急速に拡がった。共産党中央から不破哲三書記局長や茨木良和幹部会員が説得に乗り出しても、党中央の年齢制限の方針は通らなかったという。

一九七二年五月七日に開かれた民青一〇中委の党員会議では、年齢制限の方針は圧倒的多数の反対で阻まれた。この直後の五月八日から、大規模の査問が開始されるに至ったのだ。

事実経過を冷静に見れば、すでに民青内部で川上徹・宗邦洋氏らのフラクション活動が開始され「こころ派」という分派も形成されていたとはいえ、「年齢制限」という方針が現実にそぐわないので民青幹部の中に反対が急速に拡がったのを、「司令部を持つ反党分子が大規模に存在し」、そのために党の方針が民青の中で通らないと党中央が認識し、大規模な査問を開始したのではないかと自分には思われる。

査問の実態

川上徹氏は後に出版した『素描・1960年代』という本が出るまで、民青の中で分派を形成し分派闘争を行っていたことを公表していなかった。私自身も分派闘争の事実をこの本の中で初めて知った。

この事件に連座した民青の地方幹部の中には、油井喜夫氏のように、自分自身の体験から、新日和見主義事件は完全に「冤罪事件」であると思っていた人が多い。油井氏はこの本で初めて分派活動の事実を知って川上氏を批判するに至った。

また、これに先立って開催されたという「新日和見主義同窓会」で、油井氏らは新日和見主義事件は「冤罪事件」であるとして「名誉回復訴訟」を起こそうと提案したが、川上氏らはこれに反対したという。こうしたことを見れば、新日和見主義事件は、一部に分派の形成や分派活動の事実があったにしても、査問に連座した大多数の民青幹部、とりわけ地方幹部は冤罪であった可能性が極めて高い。

査問の手法は、目ぼしい者と思われる何人かをいきなり連行し、監禁状態で長時間にわたる査問を行い、カバンやノート、手帳などを押収し、それを物的証拠として供述を引き出すとともに、そこから事件の相関図、分派の容疑者を次々と割り出し、これらによって引き出した供述全体を突き合わせて事件を描いたというものであった。

警察権力でも、今日ではこのような人権無視のやり方は出来ない。

当初、共産党は事件を過大に描いていた。外国の勢力、具体的には北朝鮮労働党と組んだ強大な反党分派が存在するという前提で査問を開始した。

民青の規約で「党の指導を受ける」ことが明記されていた民青に党の方針が通らない、党の方針に反対する者が民青中央の多数を占め、民青の大会も延期せざるを得ないというような事態が生じたのを、宮本顕治氏が深刻に憂慮し、この背後には司令部を持つ相当規模の反党集団が存在するとみなして過剰な反応をしたのではないかと思う。

しかし、北朝鮮労働党とつるんでいるとか、朝鮮人参を売って新党立ち上げの資金を作る計画だったとか、こういう荒唐無稽な話はどこから出たのであろうか。

新日和見主義事件の二、三年後に、大阪府委員長の北島某とか愛知県委員長の西村某とかが警察のスパイであったことが、党自身によって暴露されたが、民青幹部がこれほど大規模に大量に査問されるに至ったことにも、スパイたちが暗躍したであろうことは容易に想像がつく。

「こころ派」という分派に加わっていた者を除き、地方の民青幹部や各種大衆組織、通信社や出版社にいた被査問者は、ほぼ一〇〇％冤罪であったと断言出来る。

平田は、なぜ査問されなかったか

平田が全学連グループの秘密の勉強会に属していたことは事実である。それなのに、自分はなぜ査問されなかったか、自分にとっても長い間謎だった。

しかし、最近この事件に関する出版物などを精読してようやくその謎が解けてきた。

勉強会に参加していた八名の全学連ＯＢグループのうち、五名が査問を受けているが、三名は査問を受けていない。もし内部からのタレこみや密告、誰かの証言や客観的な物的証拠が存在すれば、自分にも査問がやられていたことは間違いないと思う。しかしそうした証言や物的証拠がなかったのだ。

このように考えると、新日本出版社の編集部三人がなぜ査問に連座することになったかが分かる。後で聞くと、彼らは査問に連行された高野孟氏の手帳に名前が記されており、そこから分派ではないかと割り出されたというのだ。党がこの事件に対してとった「査問の手法」によって、自分は連座しなかったが、彼らは分派の一味と見なされたのだ。

査問された編集部の三人とも学生運動の出身で全学連のOBであったが、自分は彼らに全学連グループの秘密勉強会のことを話したことは一切ない。ましてや分派的な動きや働きかけをしたことも一切ない。彼らが新日本出版社の中で分派を形成したなどという事実は考えられない。彼らは間違いなく冤罪であったと思う。

また、自分が全学連委員長の時の書記長でこの事件に連座した亘理純一君の話によれば、査問の時、『平田はどうなのか』と厳しく問われたという。『あいつはガリガリの原則主義者で関係ない』と言っておいたよ、ということだ。彼にも助けられたのだ。彼が平田も勉強会のメンバーに属していたことをしゃべれば、自分もこの事件に連座していたことは間違いない。

亘理君は岩手大学から上京して再建以後の全学連書記局で活動し、書記次長そして書記長を務めた。実務能力にすぐれ、また党にも忠実な男で、大学ノートに党の決定や論文、赤旗の主張などを貼り付け、真っ赤に赤線を引いていつも読んでいた。亘理君は、新日和見主義事件に連座したあと大学生協や都民生協で働いていた。亘理君も、つい最近鬼籍に入った。偲ぶ会などはやるな、というのが彼の残した遺言であったという。

誰々が査問のため連行されたという情報が次々と入ってきた。新日本出版社の編集部メンバーにも査問が及んでいることを知り、自分にも査問はやがて及ぶことを覚悟した。もしそうなった場合、自分は全学連ＯＢグループの勉強会に属していただけであり、これは分派ではないし、自分は分派活動など一切やっていない、それを堂々と申し開きしようと思っていた。

しかし、査問の実態について後で関係者から話を聞き、発表された手記などを読むと、もし自分が査問という現実に直面せざるを得なかった場合、どこまで頑張ることが出来たか、筋を通すことが出来たかを思わざるを得ない。

自分の当時の意識は民青の地方幹部と同じように、党の現状や人民的議会主義的な方向性に多少の疑問や不満は抱いたりはしていたが、党に忠実に生きてきた人間であり、党に入ったことを誇りに思い、党にも期待を持っていた。

それなのに、頭から反党分子としてまるで犯罪者のような扱いを受けたならば、どうであったか。また、すべての査問を受けた者が心ならずも自己批判書を書いたように、自分にもそうしたことが強要された場合、自分はその自らの打撃に耐えることが出来たであろうか。そうしたことを考えると、自分は分派活動など一切やっていないから当然とはいえ、この消耗な事件に奇跡的に連座しなかったことは運が良かったと思わざるを得ない。

権力からの弾圧に抗する覚悟は出来ていたが、共産党そのものから受ける弾圧に対する心の備えは、誰しもまだ十分でなかったと思う。

新日和見主義事件に連座した者の手記などを読むと、その後の苦労はみな全く同じである。突然社会の中に放り出され、自分の力で生きていく以外になかったのだ。勉強会に加わった全学連OBグループ八名のうち四名がすでに鬼籍に入った。新日和見事件に連座した者の失望と心に負った傷の深さを思わずにはいられない。

事件の首謀者は誰か

新日和見主義事件の中心的人物は、元全学連委員長で民青幹部であった川上徹氏であるとされている。しかし、事実経過とその後の川上氏と広谷氏の出版物などでの証言を丹念に追うと、広谷俊二氏が当初からある狙いを持って主導的な役割を果たし、事件の首謀者、黒幕は広谷氏であったのではないかとの疑念がますます強くなった。

彼が党を除名された後に書いた『東大闘争裏面史』の中ではっきりと書いている。

一九七〇年七月の共産党一一回大会で広谷氏は青年学生部長を解任されるが、この頃から党に不満を持ち、学生運動を基盤とする分派活動を目論んでいたことをはっきりと証言している。青年学生対策部長を解任したのは、「私を学生運動から引き離すことが目的」であり、「人民的議会主義路線は大衆闘争を軽視し、もっぱら機関紙の拡大運動に駆り立てて選挙の票を伸ばして政権を握ろうとする、かつての第二インターナショナル時代のカウツキーたちの議会主義の繰り返し」だとし、「この一〇年、心魂こめて取り組んできた学生運動を、彼らの妨害を押し切って、戦闘的に革命的に発展させる。このことをテコにして、カウツキー的議会主義偏向を克服してやろう。そう考えるようになったわけです」と述べている。

「学生問題研究所」構想についても、「全学連の再建以来、経験を積んだ有能な活動家が沢山育ってきている。この人たちを学生運動研究会という形で結集して学生運動の指導に当たらせるという案です」と述べ、学生運動に対する指導を、党から学生問題研究所の主導にする、つまりは学生運動研究所を通して広谷氏が直接学生運動を指導するという明確な意図と構想を持っていたことを語っている。

「宮本・不破は反対するにきまっているから、かれらに知らせないで置いて、既成事実を固めてしまおうという作戦」で「どこでだれがきめたともなく、なんとなしに方針がきまったという形」を取ろうとしていたが、一九七一年初めに幹部会で中止命令が出て、広谷氏は「始末書」を書かされる。

学生運動研究会構想が挫折した後、広谷氏は次の手段として本を書こうと考え、一九七一年の初めから『学生運動入門』の執筆に入り五月初めに完成したが、党中央からゲラを見せろと言われる。この本は七月に出版したが、この本についても「宮本・不破路線を批判し争う意図で書いた」と明確に述べている。

一二月頃、内容に問題があるとして、幹部会に呼び出される。一九七二年一月以降、幹部会との会談を三回繰り返したが、誤りを認めることを拒否し、以後本部に出勤しなくてよいとの申し渡しを受ける。

このように、「学生問題研究所」構想も、『学生運動入門』の執筆も、広谷氏は当初からある明確な意図を持っていた。これに先立つ全学連グループの勉強会の組織化にも、広谷氏が主導的役割を果たして川上氏に働きかけていた可能性がある。

共産党一一回党大会で干されたのを契機に、青年学生部長であった広谷氏が学生運動をテコにして、宮本・不破路線、人民的議会主義路線に対抗する運動を起こし、学生運動を基盤とした分派闘争を目論んでいたことは明らかである。

広谷氏は、新日和見主義事件で査問され党本部に呼び出されたが、黙秘権を行使し、また夜は自宅にも帰ったという。査問の中で広谷氏の発言などが「いろいろバレる」。「バレたことは事実だから認めないわけにはいかなくなって、結果として分派活動に『関与』したということを認めた」と語っている。しかし関与どころか、民青内の分派闘争を主導的に目論んでいたことは、これまで述べた事実経過からも明らかである。

こうした彼自身の証言と、全学連の勉強会グループで新党結成をアジった事実を考えると、新日和見主義事件は広谷氏が、分派闘争からさらに新党結成をも目論んで、首謀者として主導的に引き起こした事件であると私は断定する。

広谷氏は一九七二年一一月の中央委員会で、新日和見主義事件に関して、中央委員の罷免と一年間の活動停止処分を受ける。その後、一九七三年三月頃、出版物でいろいろ発言したことで党本部に呼び出され規律違反の疑いで査問され、六月に電話一本で除名の通告を受けたという。

これだけ大量の査問が行われ、事件の影響が深刻に出ているにも拘らず、この事件に対する党の検証は極めて不十分であると思う。広谷俊二氏、川上徹氏、油井喜夫氏、久保護氏のように、事件の当事者が事実を語っている出版物がその後続々と出ているのであるから、「年齢制限」という方針が妥当なものであったかどうかを含めて、事件全体の検証を誠実に行うことが求められているのではないかと思う。この事件に連座した者のなかには、油井喜夫氏のように「冤罪」であると明確に訴えている者もいるのであるから、なおさら必要ではないか。

『日本共産党の八十年』から新日和見主義事件に関する記述はすべて消された。共産党はこの事件が「風化」することを待っているのだろうか。

広谷俊二氏と学生運動

広谷氏がある種の野望を抱いているのではないかということは、当初から自分は感じていた。一九六〇年代の学生運動があのように盛り上がったことに、広谷氏の功績は確かに大きい。彼は研究熱心であり、学生運動の指導にやり甲斐を持っていたと思う。

しかし、学生運動の発展は彼一人によるものではない。ましてや学生運動を私物化するようなことは許されない。

一九六一年の共産党八回大会で広谷氏は中央委員となり、九月から青年学生対策を担当した。平田の入党時期と、広谷氏が中央委員となり学生運動を担当する時期とはほぼ一致し、その後長期にわたって広谷氏の指導のもとに学生運動に従事することになった。

平田の存在と寮の運動が、広谷氏の学生運動のイメージにぴったりであったようだ。広谷氏は、名古屋にある日本福祉大学での学生の諸要求をとりあげた自治会活動と平田の活動や寮運動を見て、学生運動に対する自分の方針に「確信を持った」と語っている（『東大闘争裏面史』）。

平田が八年の長期にわたって東大に在籍しながら学生運動に従事することになったのも、広谷氏とのこうした関係によるものである。全寮連時代、全学連時代、東大紛争にわたるまでの長い間の付き合いで、もっとも影響を受けた共産党の幹部であり、また自分をいいようにこき使った共産党の幹部であった。

共産党は民主集中制を組織原則としている。その中で重要なのは上級機関との関係である。

平田は共産党に対して忠実な人間であり、広谷氏の指示にも忠実に従った。しかし、広谷氏に対して、いつごろから批判的にあるいは一定の距離を置いてみるようになったのか。

東大紛争の文学部の解決において、どのような局面であったかはいまでは思い出せないが、広谷氏から「君は動揺分子だ」と言われたことがあった。苦労して解決の糸口を探っているのに、この人は何も分かっていないと強い不信感を抱いたことがあった。

また、二木旅館にあった党の東大闘争現地指導部を撤去するに当たって慰労会があり、その席に、党の青年学生対策部副部長で、民青が大きな勢力になった時に委員長であった土屋善夫さんがいた。その席で、自分が東大に入っても勉強が何も出来なかったことを嘆くと、土屋さんは強く言った。「広谷の言うことに黙って従っていることはない。勉強をしたいことなどは当然のことなのだ。専従を辞めて親の後を継ぎ家業につくなどということも立派なことなのだ」と。

青年学生対策副部長の土屋さんが「広谷、広谷」と呼び捨てにすることにも驚いたが、自分に対してこういうことを言ってくれた共産党の幹部は土屋さんが初めてだった。マインドコントロールが解けたというか、目が覚めたというか、この時問題をはっきりと自覚した。広谷氏は、党に忠実であった自分を長い間こき使い、離さなかったのだ。自分も広谷氏の指示や命令を断って、学問をしたい、勉強をしたいという自分の意志を貫くことが出来なかったのだ。問題は自分の意志の弱さにあったことを明確に悟った。
広谷氏に対してこのように見るきっかけを作ってくれた土屋さんには感謝している。

土屋善夫さんとは、その後は年賀状をやり取りするだけの関係になっていたが、党本部の仕事を終えたのちは、郷里の長野県に帰り、浅間山の麓で悠々とした晩年をおくっておられた。二〇一八年に亡くなった知らせが奥様から届いた。絵筆をふるい、大好きな野菜作りに励み、憲法九条の会や青年たちとの学習会などを最後までやっておられたという。浅黒い顔をして熊のような大きな体をした方であったが、よく握手した手は温かく優しかった。自分が出会った共産党の幹部の中で、忘れ得ぬ一人である。

新日和見主義事件において主導的役割を果たしたと思われる広谷氏に対して、批判的な目を持っていたことが、自分が新日和見主義事件に巻き込まれなかった大きな要因であると思う。
しかし、広谷氏に対して、批判すべきことは批判し、疑問は疑問とし、賛同出来ない点は出来ないと、はっきりさせるべきであった。こういう点では、広谷氏の影響を強く受け、また彼の学生運動に対する指導に尊敬の念を持っていたために、自分も含めて勉強会グループ全体にも甘さや曖昧さがあったことは否めない。

繰りかえしになるが、事実の経過を見れば、新日和見主義事件は、一九六〇年代の学生運動を党の学生対策部長として指導した広谷俊二氏が、自分が党から干されたことを不満として、学生運動を基盤とし、その中心的な存在であった川上氏らに働きかけ、最終的には新党結成に至る分派闘争を目論んで仕組んだ事件であったと思われる。

広谷氏から扇動されて主役を演じた川上徹氏は、全学連グループの勉強会の組織、学生問題研究会の発足などを広谷氏から相談され、あるいは指示されながら中心的役割を果たした。民青内の分派闘争についても、川上氏は広谷俊二氏に宗邦洋氏などを引き合わせた。民青内で川上徹と宗邦洋という分派の核が形成され、やがて「こころ派」という分派が形成された。「年齢制限」という党の方針に対する民青内の反発が予想以上に強いことに乗じて、広谷氏は民青内の分派闘争を扇動した。いずれも、広谷氏の存在抜きに川上氏のみで主導的に仕組んだものとは思われない。

川上氏自身も認めているように、全学連勉強会グループも、党の現状に対する不満や疑問を抱くものが多かったが、政治路線に対する理論的体系的な認識の段階には至っていなかったのだ。

勉強会は、安保闘争を始め一九六〇年代の大衆運動の高まりの中で民青や党に加わってきた者が多かったから、その不満は、党の官僚主義に対する反発や、党は大衆闘争を軽視し選挙や党勢拡大ばかりやっているのではないか、このままいけばいずれ党も先細りになるのではないかといった感覚的なものが中心であったと思う。特に、民青内においては、幹部の年齢制限だけでなく民青同盟員を二五歳までとする年齢制限は、現実を無視したものであり、これでは民青は持たないという、民青幹部たちの党の方針に対する反発が中心であり、人民的議会主義路線など党の政治路線に対する理論的認識やこれに対する理論構築には到底至っていなかったと思われる。

広谷氏の新党構想や分派闘争の戦略にしても、ほとんど無きにも等しい極めて杜撰《ずさん》なものであり、扇動はしても彼自身が理論や見通し、組織方針などを持っていたとは思えない。

川上氏も、そうした戦略や見通しを持っていたとは考えられない。川上氏自身が『素描・1960年代』で自ら語っているように「いまの党はおかしい」という大まかな一致はあったが、「理論不足」で「綱領的なものはなく」「未定形」であったことを認めている。民青会館のなかにも個性的な〈かたまり〉がいくつもあり、「星雲状態」であったという。目標は「民青中央委員会で多数派になる」ことであり、「思惑を超えて事態はどんどん進んだ」が、分派活動に対して党が逆攻勢をかけて来た時どうするかなどは「何も相談していなく」「全く考えていなかった」と述べている。民青会館は「解放区」のようなものであったとしたり、自分たちが追い出された時は、山林を購入してそこでかぶと虫を飼う計画というような驚くべき感覚もここから来ている。

新党結成の条件はあったか

川上氏らの分派の目的は、民青中央の中で多数派となる事であり、それは一時的には成功したが、それ以上に広谷俊二氏の強く望んでいた新党結成が成功する条件は熟していただろうか。全学連の勉強会グループのメンバーにしても、民青内の新日和見分派とされたメンバーにしても、多くは党に忠実で自己犠牲を厭わず献身的に活動してきた者ばかりである。学生運動にしても自分のように党の任務としてやってきた者がほとんどである。党の現状に不満があったとしても、分派闘争や、まして新党結成にまで踏み切るものは自分を含めてほとんどいなかったと思う。こうした事情を考えれば、広谷氏の新党結成の誘いに応ずるような条件はほとんどなかったと思う。

広谷俊二氏も川上徹氏も、すでに鬼籍に入られた。彼らの思いがどのようなものであったかは、自分自身の体験と残された文献から推測し汲み取る以外にはない。

新日和見主義分派といっても政治綱領の作成や理論的構築に至らず、その組織の実態も「星雲状態」であり、こうした新日和見主義一派をたたき潰すことなど、党の熾烈な抗争を勝ち残ってきた宮本顕治氏にとっては、朝飯前のことであり赤子の手を捻ることぐらいのことであったと思う。

しかし、民青以外の大衆団体の幹部などに対する査問が行われたことにも見られるように、党中央、宮本顕治氏の目から見れば、人民的議会主義という新しい路線に対する不満分子や抵抗する潮流の核があちこちにあり、それが何かのきっかけで一つの大きな流れになる事を極度に警戒していたということがあったと思う。民青内部でもあのように短期間で党の方針に反対する勢力が民青中央で多数派となったのだ。

新党結成を機にそうした大きな流れが生まれた可能性は否定出来ないと思う。フランスやドイツで政治の新しい流れを作ったように、日本でも全学連や民青などの動きに見られた一九六〇年世代の運動が、同じようにそうした動きを作った可能性も否定出来ない。

共産党は、その後一連の新日和見主義批判を展開したが、その批判は、「沖縄問題と新日和見主義」「人民的議会主義と新日和見主義」といった当面問題になっていたテーマもあるが、「一九三〇年代論」「ドイツ社会民主党論」「アナーキズム論」に関するものにまで及んだ。川上氏がこうした文献を集中して勉強していたことは彼の書いた本で述べており事実であるが、これらの見解が新日和見主義と言われた者全体に共通する認識となっていたわけでなく、ましてや理論的構築にまで至っていたものではない。

川上氏は、何冊かの読書ノートをカバンに入れて持ち歩いていたという。それを査問において押収され、読書ノートによって「心の中」を覗かれ、新日和見主義的な潮流がその後に成長するかも知れないさまざまな傾向や可能性を、共産党は双葉のうちに摘み取ろうとしたものと思われる。

また、共産党中央がその後に展開した一連の新日和見主義批判のキャンペーンは、新日和見主義分派そのものを批判するよりも、人民的議会主義という新しい路線に対する批判を「封じ込め」、疑問や不満を「沈黙」させることを意図して行われたものと思われる。新日和見主義事件は、共産党の人民的議会主義への路線転換に伴って引き起こされた事件であったことは明らかである。

政治活動の自由は誰しも押さえつけることは出来ない。どのような社会運動、市民運動を起こすことも自由である。これは一政党の枠内に収まるものではなく、また、政党に加入し、あるいは離党することも自由であり、政党の刷新を求めることも、さらには新しい政党を結成することも自由である。しかし、新日和見主義事件に連座した者は、そうした方向に向かわず挫折するに至ったのだ。

老革命家の見果てぬ夢

広谷俊二氏は、晩年は生活保護を受けて暮らしていた。余裕があったら時々カンパしてくれと私にも頼まれていた。糖尿病が悪化して一九八二年に亡くなった。

葬儀には全学連OB関係者が一〇名ほど参列した。寂しい死出の旅路であった。

広谷氏は、戦前は治安維持法で拘束され、仙台の旧制第二高等学校を追われた。戦後は北海道で共産党の再建に取り組み、小樽合同労組で委員長として活躍し、共産党の札幌地区委員長などを務めた。党の中央委員となって上京して以来、そのほとんどが学生対策としての活動だった。学生運動に彼のすべてと夢をかけていたと言える。

新日和見主義事件で、一九六〇年代の学生運動の中心的な活動家たちを事件に巻き込んだ老革命家は、「革命」への見果てぬ夢を追い続けていたのであろうか。

川上徹氏の死

二〇一五年一月二日、川上徹氏が亡くなった。享年七四歳。

川上徹氏は一九六〇年代学生運動の中心人物であり象徴的存在であった。

川上氏の「お別れ会」で、私は次のような「言葉」を述べた。

〈お別れの言葉〉

川上徹さん

大学の一年後輩としてあなたに出会って以来、東大駒場時代、平民学連結成から全学連再建、その後の闘い、ベトナム反戦、東大闘争と、一九六〇年代の一連の行動を共にしてきました。

その後の事情から、お互い三〇をとっくに超していながら、司法試験の勉強を始め、思うようにいかず悪戦苦闘した司法試験受験時代も共にしました。

「歯を食いしばってお互い頑張ろうな」があなたの口癖でした。

川上さんは、やがて司法試験に見切りを付け、出版社を創立して活動を再開しました。本来の川上さんを取り戻し、水を得たように生き生きと活躍する姿に刺激を受け、私も司法試験を断念し、同時代社の創立に遅れること五年にして花伝社を創立し、同時代社の片隅に机一つ置かせていただき、出版活動を始めました。

思い起こせば、大学で出会って以来、五四年近くにわたって、あなたと行動を共にし、あるいはあなたのそばにいて、あなたの生き様を見ながら、自分の生き方を決めて今日までやって参りました。


一九六四年一二月の全学連再建から、五〇年の時が流れました。

川上徹さん
あなたは、空前の盛り上がりをみせた一九六〇年代の象徴的存在であり、希望の星でした。

また、川上さんたちの世代、一九四〇年生まれの世代は、小学校一年生から、新しい憲法と教育基本法のもとで学んだ戦後民主教育の一期生でした。

川上さんは、戦後教師たちの平和と民主主義、人権と平等への熱い思いの中で育った戦後民主主義教育世代の象徴的存在でもありました。

誰しも認める川上さんのおおらかな人柄、明るさ、やさしさ、包容力、行動力といったものは、川上さんの天性の資質であるとともに、戦後民主教育が生み出した人材でもありました。この戦後民主主義教育を受けた世代が青年期に達し、エネルギーが爆発したのが一九六〇年代でありました。

一九六一年の夏に、日本共産党の綱領が決まった八回大会が行われました。

この当時、東大駒場の組織に残ったのは、川上さんを中心としてわずか数名でした。民青同盟はまだ存在していませんでした。

しかし、その後の地道な活動で、一九六〇年代の最盛期には、駒場、本郷を合わせて東大で一〇〇〇名を超える民青同盟員を擁するに至りました。東大生の一割近くが組織されるに至りました。このような盛り上がりは東大だけでなく、一〇〇〇名を超える民青同盟員を擁する大学が、当時全国で六つも七つもありました。

空前の盛り上がりをみせた一九六〇年代の学生運動の象徴的存在として、川上徹さんを知る誰もが川上さんのその後の活躍を期待しておりました。しかしながら、川上さんは、一九七二年に起こった政治的事件に連座し、政治的挫折を余儀なくされました。

この事件が起こったのち、日本の学生運動は急速に衰退消滅の道をたどりました。

学生自治会の活動ばかりでなく、当時活発であった、社会科学研究会、学生部落研、各種ゼミナール活動などの研究会・サークル活動もすべて衰退消滅の方向をたどりました。

川上さんが属していた川崎セツルメントも消滅しました。最盛期に二〇〇〇名のセツラーがいると言われた学生セツルメント活動、関東大震災の救援活動で生まれた伝統ある学生セツルメントもすべて消滅しました。

全学連に先立って再建された全寮連、全国学生寮自治会連合も、その後解散消滅しました。

ひとつの時代が確実に終わりました。我ら「未完の時代」は終わりました。

川上徹さん

しかしながら、あなたが一九六〇年代の学生運動を通じて、またその後の出版活動において、同時代と格闘したその時代精神は、またいつの日か、次の時代に引き継がれていくことを私は信じます。

国民的闘いの場には、いつもまた全学連の旗がひるがえり、そこに不正義が存在するならば、先頭に立って闘う学生達の姿が見られるような時が、またいつの日か来ることを信じます。

川上徹さん
永い間本当にご苦労様でした。有難うございました。
安らかにお眠りください。

二〇一五年一月二四日

一九六〇年代という時代を、全力で駆け抜けた川上徹氏の冥福を祈る。

戦後民主主義世代の巨大なエネルギー

新日和見主義世代は、ほとんどが戦後民主主義の中で育った世代である。朝鮮戦争が起こり、冷戦がはじまり、戦後逆コースが始まり、教育に対する統制や反動政策が始まるまでの新憲法制定から数年の間、戦後民主主義教育は全面的に、かつ全国隅々に展開された。

この日本歴史上まれにみる時代の影響を受けた世代が青年期に達したのが、一九六〇年代である。この世代は巨大なエネルギーを持っていたと思う。戦後民主主義は敗戦と占領によってアメリカから与えられた面もあったが、民主主義と平等主義の強い影響を受け、また戦争という国民的な体験を経て、親や地域、教師たちの平和への願いを最も強く受け継いだ世代でもあった。理想主義の影響や、正義感なども強い世代であったと思う。

この世代のエネルギーが、安保闘争を始め、ベトナム反戦運動や学園紛争など一九六〇年代の学生運動を空前に盛り上げた背景にあったと思う。民青が二〇万の組織に成長したのも同じ背景による。学生運動はそのエネルギーとともに、全員加盟制の自治会で鍛えられた大衆性も持ち合わせていた。

新日和見主義事件は、こうした一九六〇年世代のエネルギーを共産党が十分にくみ取ることが出来ず、むしろ危険な潮流と見なしてこれを潰し、党から放逐・除外した事件であると思う。あの暗い時代を孤立して過ごした戦前の治安維持法世代にとっては、こうした戦後民主主義教育世代のエネルギーと大衆性を感覚的にも実感することなど到底無理であったかも知れない。戦後民主主義と戦後民主主義世代に一撃を加えたのは、ほかならぬ宮本顕治氏その人であり共産党であったのだ。

一九六八年～一九六九年の学園紛争時代の企業の求人情報を伝えた「求む！　モーレツ学生」の記事に次のようなものがある（朝日新聞一九六九年五月二九日）。

「来春の卒業予定者の求人広告に『求む革命家』『野獣のような男』『挑戦者』……など『革命学生』顔負けの革命調が目立つのが今年の特徴だ。過当競争で〝革命〟を迫られている企業にとって激しい大学紛争のなかから生まれた行動エリートが大きな魅力となっていることはたしかなようだ」。

また、東大新聞の求人広告も、「未来をひらく〝革命の志士〟を求む」（日本電気）「既成概念を打破し、独自性を発揮するキミが欲しい」（倉敷紡績）「気骨とバイタリティーに富む挑戦者を求む」（富士通ファコム）「なぜ野獣のような男が欲しいか」（東洋レーヨン）といった調子のものが満載されている。

急進化した学生をも取り込んでいこうとするこうした企業側、体制側の対応に比して、確かに左翼急進主義的傾向や分派的な動きが一部にあったとはいえ、新日和見主義ということで、十把一絡げにこれを排除した共産党の対応とは、あまりにも落差が大きい。

一部にフラクション的な動きがあったとはいえ、実態は政治綱領・組織方針を持った分派にはほど遠いものであった。若者に行き過ぎや跳ね上がりの行動があるのはよくあることだ。若者にそうした活力と勢いがなくなってしまえば、その組織の活力もやがて衰えていく。また若者のそのようなエネルギーを包摂していく政治的度量無くして、国民の多数を結集していくことなどありえない。大きなエネルギーと可能性を秘めていた戦後民主主義と民主主義世代を、共産党は新日和見主義事件の対応を間違え、水を流そうとして盥《たらい》まで流してしまう結果となった。

自らの体験や自戒を踏まえて言えば、この世代は巨大なエネルギーを持つ一方で弱点も持っていたと思う。

　物事を見るのに理想から出発する傾向があり、現実をリアルにとらえ、そこから出発することに弱点があった。また戦後民主主義は上から与えられたものであり、上の権威に対してあまりにも善良で忠実であり、権威に刃向うというより、権威に弱いぶりっ子的な面も持っていた。自己犠牲や献身を厭わないとしても、自己の確立、自己の主体性の確立に甘さがあった。共産党に対しても、過度に理想化していたと思う。中国の革命小説『紅岩』やロシアの『鋼鉄はいかに鍛えられたか』などの小説を、活動家たちがみな読んでいた。事実や実態から出発しておらず、共産党の歴史や革命の現実を知る上でも甘さがあったと思う。熾烈な党内闘争の歴史や現実にも、個々の共産党幹部についても、事実に基づいてリアルに見る点でも、甘さを持っていたと思う。

　自分は、末端で献身的に活動する立派な人格を持つ地区の党幹部にも沢山出会ったが、党の幹部には、野心家もいれば上昇志向の出世主義者も利己主義者もいる、好色な者もいる。そういう現実をリアルに認識しつつ、なおかつその上でどうするかの問題だったのだ。

　新日和見主義と呼ばれた者たちの甘さはどこにあったか、なぜ広谷氏の野望を見抜けなかったのか、なぜ党や宮本顕治氏の対応を予測出来なかったのか、なぜ展望も見通しもないままフラクション活動に走ったのか、党の現状に不満があったのならなぜそれを党の改革や刷新に繋げることが出来なかったのか、そして場合により新党の結成にまで踏み切れなかったのか、そうした弱点を、戦後民主主義教育世代に共通の弱点としてとらえる必要があると思っている。

戦後民主主義が、全面開花、全面展開しつつあった時、新日和見主義事件によって戦後民主主義世代は圧殺され潰されて、その可能性は消滅したのだ。

新日和見主義事件について、いま思うこと

この事件が起こった頃、自分にとっては、東大紛争も、長い学生運動の時代も終わり、ともかくも卒業証書を手にし、正式に新日本出版社の社員として就職も出来、出版活動・編集活動を始めた時期であった。

結婚もし、息子も生まれた。編集者の仕事はやりがいがあったし、出版に伴う範囲ではあったが、初めての本格的な勉強もすることも出来、充実した日々を送ることが出来た時期であった。心配していた父母にとってもやっと安心することが出来た時であったと思う。

ところが、風雲急を告げ、新日和見主義事件が発生するに至った。

これまでの経過で述べたように、この事件が勃発する直前に新日本出版社を辞職し、合格の見通しも、生活の見通しもないまま、突然司法試験の勉強を始めることになった。そして生活と闘いながらの一〇年にも及んだ司法試験の受験は、挫折し失敗に終わった。

事件に連座しなかったとは言え、何の準備もなく突然社会の中に放りだされ、社会に出て

行ったという意味では、事件に連座した者と全く同様であった。

通常は学生時代に学問も修め、社会に出る準備をするものであるが、自分たちにとっては学生運動が、しかも党の任務としての学生運動がすべてであり、勉強も不十分で社会に出る準備など何もしていなかったと言える。

このままいけば党や民主団体の専従的な生き方をせざるを得ないのではないかというような漠然とした思いはあったが、そうした生き方には自分にとって何となく違和感があった。

結局、新日和見主義事件を通してこういう形にはなったが、党に頼らず、党から自立し、自分の足で立ち、自分の力で生きていくことが、いつの日か自分にとってどうしても必要なことであった。その意味で、家族にも苦労をかけることになったが、自分にとってはどうしても避けることが出来なかった道であったと、いまは思う。

その後、一九八五年に出版社・花伝社を興して現在に至った。出版社を立ち上げる時に、「自由な出版」を実現するために共産党を離党することを決意した。これまでの学生運動家によくあった、党を離れることを機に生き方や立場を一八〇度まげるような生き方は決してしない。これからは、「自己立法」で生きるのだ。共産党に対してもこれからは是々非々で臨んでいこうと思った。四四歳の決断であった。

一九六〇年代をくぐり抜けたその後の自分の生き方は、新日和見主義事件が出発となり、現実との格闘が現在まで続いている。

未完の時代

一九六〇年代に盛り上がった学生運動は、一九七二年に起こった新日和見主義事件で頓挫するに至った。

一九六〇年代の学生運動は、その後の強力な民主主義運動を生み出すことにも直接繋がらず、政党の刷新や新党の結成など新しい政治潮流を生み出すことも出来なかった。

その意味で、「未完の時代」に終わったと言える。

一九六〇年代の学生運動は、全学連や自治会を中心とした政治運動ばかりでなく、寮やサークル、生協活動、各種研究会活動にも及ぶ広範な広がりと裾野を持っていた。

しかし、全学連はまだ存在するようだが、全寮連はすでに消滅した。セツルメント運動も、学生部落問題研究会の運動も、教育研や婦問研（婦人問題研究会）の運動も各種ゼミナール運動もすべて消滅した。

大学や大学の自治をめぐる状況を見ても、より深刻な事態に陥っているのではないかと思われるし、社会の矛盾は一九六〇年代の数十倍にも広がり、社会的不正義も横行し、保守政治も相変わらず続いている。労働運動、各種民主団体・学術団体も、一九六〇年代世代の高齢化・引退に伴って世代交代の時期を迎え、いずれも若い世代の確保に苦労し、深刻な退潮傾向にあるという。

こうしたことを思うと、長い間一九六〇年代の学生運動に携わった者として、「壮大なゼロ」に終わったかのような一抹の徒労感を覚えることも事実である。しかし、「持続する意思」を持った多くの一九六〇年代世代が、その後各分野でそれぞれの意志と志を持続させて存在していることを私は知っている。それは、新日和見主義事件に連座した者も同様である。また、全共闘の流れに組みした者のなかにも、彼らなりに「持続する意志」を持ち続けている者が多く存在していることも知っている。

こうした流れが地下水脈となって、時代の課題に真正面から立ち向かった一九六〇年代の時代精神とその「持続する意思」が、次の世代に受け継がれていくことを信じたい。

（完）

あとがき

ここに記したのは、冒頭の言葉で述べたように、一九六〇年代の学生運動に携わった者として、実際に体験したこと、見たり聞いたりしたこと、その時感じたことなどを、手元に残っている資料やノート、手紙、メモ書き、文献などをもとにしながら、記憶をたどって書きしるしたものである。

友人の「記録を残すべきである」という強い説得を受け入れ、二〇一六年から二〇一八年に至るまで、数回にわたったインタビューに応える形で残したメモをもとに、この記録を書き上げた。このメモがなかったら、到底この記録は完成しなかったと思う。辛抱強くインタビューを続けてくれた友人に心より感謝している。

不思議なもので、インタビューを受ける中で、それぞれの記憶が鮮明に蘇ってきた。また、残された一枚のビラからも、次々と当時の様子と運動が浮かび上がってくることもあった。一九六〇年代からすでに五〇年～六〇年の年月が経っている。事実の記憶まちがいも多々あるに違いないと思うが、その時自分がどう思ったかについての記憶は、自分の心に残っていることに忠実に正直に書いた。

この記録を公表するかどうかは、インタビューを受けた時点ではまだ決めていなかったが、今回これを公表することを決意した。私は、二〇一九年四月に脳梗塞を引き起こすに至った。幸いに軽い脳梗塞ということで済んだが、自分の脳が働いてくれている間に、この記録をまとめたいという気持ちが強く起こってきた。

一九六〇年代という時代の空気の中で、時代の課題を真正面から受けとめて運動に参加した人々に、この拙い記録を届けたいと思う。

東大紛争の経過を文学部で共にした妻の恵美にも、記録を綴る過程で読んでもらい忌憚のない意見を聞かせてもらった。また、インタビューの際には、出版社に加わった息子の平田洋と若い編集者の山口侑紀さんが同席してくれた。佐藤恭介編集部長はじめ花伝社のスタッフにもこの記録を読んでもらい、率直な感想をもらったことも公表する勇気に繋がった。学生時代にSEALDsで活躍し、花伝社のスタッフとなった大澤茉実さんがこの本の編集を担当してくれた。一九六〇年代という激動の時代を生きた一人の記録として、若い世代にも読んでいただくことが出来れば望外の喜びである。

いまや「共闘の時代」が来ている。政治面での「野党共闘」を始め、九条の会、反原発運動、環境問題や様々な社会運動、市民運動においても多くの人々やグループの間での「共闘」が課題となっている。そうした「共闘」なくして、時代の課題を実現することは出来ないことが多くの人々の共通の認識となっている。

それぞれの人々への「リスペクト」、すなわち政治的立場や思想、感覚などの違いがあることを前提に、相手の存在を認め、尊重、尊敬することなくして「共闘」は実現出来ない。同時に、それぞれのグループや政党の構成員に対しても、その存在に対する「リスペクト」が必要になっていると思う。

政党がそれ自身の組織原則と規律を持つことは当然であるが、しかし、外に対しては「リスペクト」、内部の構成員に対しては「専制的支配」というようなダブルスタンダードでは、一人一人が生かされる組織とはならないのではないかと思う。

運動の広範な盛り上がりも経験し、全共闘の暴力的攻撃もくぐり抜け、党の専制的支配にもぶち当たった一九六〇年代の我々の体験が、こうした「共闘の時代」に何らかの意味を持ち生かされるとしたら、これ以上の喜びはない。

平田　勝

二〇二〇年一月

平田　勝（ひらた・まさる）
1941年　岐阜県に生まれる。
1961年4月　東京大学教養学部入学。
駒場寮委員長、全寮連委員長、東大学生自治会中央委員会議長、第一回日中青年交流会で学生団体団長、全学連委員長などを務め、東大紛争における文学部の解決のために水面下で交渉にあたるなど、8年間にわたって1960年代の学生運動に従事。
1969年6月　東京大学文学部卒業。
出版社勤務を経て、1985年に花伝社を創立し代表取締役、現在に至る。

未完の時代――1960年代の記録

2020年4月5日　初版第1刷発行
2020年5月25日　初版第2刷発行

著者 ――平田　勝
発行者 ―平田　勝
発行 ――花伝社
発売 ――共栄書房
〒101-0065　東京都千代田区西神田2-5-11出版輸送ビル2F
電話　03-3263-3813
FAX　03-3239-8272
E-mail　info@kadensha.net
URL　http://www.kadensha.net
振替 ――00140-6-59661
装幀 ――佐々木正見
印刷・製本―中央精版印刷株式会社

ISBN978-4-7634-0922-5 C0036